Luigi Scarambone

Intorno a' ponti levatoi delle piazze di guerra

Antigonos

Luigi Scarambone

Intorno a' ponti levatoi delle piazze di guerra

Ristampa immutata dell'edizione originale del 1839.

1ª edizione 2024 | ISBN: 978-3-38605-358-7

Antigonos Verlag è un marchio della Outlook Verlagsgesellschaft mbH.

Verlag (Editore): Outlook Verlag GmbH, Zeilweg 44, 60439 Frankfurt, Deutschland
Vertretungsberechtigt (Rappresentante autorizzato): E. Roepke, Zeilweg 44, 60439 Frankfurt, Deutschland
Druck (Tipografia): Libri Plureos GmbH, Friedensallee 273, 22763 Hamburg, Deutschland

INTORNO

A' PONTI LEVATOI

DELLE PIAZZE DI GUERRA

DISCORSO

DI LUIGI SCARAMBONE

Capitano del Corpo Reale del Genio, e professore di Fortificazione nel R. Collegio Militare.

DALLA REALE TIPOGRAFIA DELLA GUERRA
1839.

AVVERTIMENTO.

In Maggio 1837, la Maestà del Re Signor Nostro faceva lieta di sua Augusta Presenza la città di Gaeta, e con alto intendimento e perizia di arte esaminava i lavori delle nuove fortificazioni, che in quella rinomata piazza di guerra di suo comando si vanno facendo dal Corpo Reale del Genio. Incoraggiato dalla benevola accoglienza Sovrana, il Secondo Tenente di quel Corpo Reale, Silvestro Corrado, presentò in que' giorni all' ottimo Principe la descrizione ed il modello di una sua macchina acconcia a rendere sommamente agevoli i movimenti di ogni ponte levatoio.

Discorse da prima il Re la scrittura dove l'Autore sponeva il sistema del suo utile trovato: e fatto di poi minuto esame del modello all' uopo costrutto, ne fu di tanto compiaciuto, che volle divulgato il novello meccanismo con le stampe. Con che la Maestà del Monarca dava amplissimo guiderdone all' in-

4

ventore, e gli altri giovani ufiziali dell'arma confortava a versarsi con instancabile alacrità di mente nelle cose ad ogni maniera di architettura militare attenenti. Laonde con Sovrano rescritto comandava che quel discorso, ornato de' corrispondenti disegni, fosse impresso nell'Officio Topografico a spese del Real Ministero della Guerra.

Nel Luglio seguente, il giovine Corrado mancò a' vivi del fatal morbo che a que' giorni desolava le nostre terre : e la sua morte, dolorosa a' congiunti ed agli amici, fu grave al Real Corpo del Genio, il quale perdeva in lui un ufiziale di grandi speranze, dotto nelle più difficili scienze, rigido osservatore della disciplina militare ed ardente della gloria del Re e della patria.

Comechè il discorso del defunto, sottoposto alla disamina de' chiarissimi Signori Colonnelli Visconti e Dolce, fosse oltremodo lodato, era esso non pertanto solo una modesta spiegazione della nuova macchina. Laonde S. E. il Signor Tenente Generale Carlo Filangieri Principe di Satriano, a cui è oggi commessa la Direzione generale de' Corpi Facoltativi dell'esercito, con generoso animo divisava il novello trovato doversi sporre in modo da riuscire di gloria al Corrado e di speciale utilità a' giovani, all'ammaestramento de' quali sono innanzi tutte rivolte le sue cure. Con tale senno voleva che io rischiarassi la parte teoretica, svolgessi più ampiamente il pensiere dell'Autore, e facessi precedere breve storia analitica de' varî ingegni presso noi e le altre nazioni

finora in uso pel maneggio de'ponti levatoi nelle fortificazioni. E sapientissimo era il consiglio, imperocchè nelle scienze e specialmente nelle matematiche ed in quelle che sono con esse congiunte per legami, che Cicerone diceva di parentela, torna di grande vantaggio seguitare i loro progressi dalle prime origini fino alle presenti condizioni. Il quale metodo, vivamente commendato da Bacone, si sperimenta sempre proficuo da chiunque intende all'insegnamento della gioventù, la quale in tal maniera addiventa quasi direi contemporanea di tutte l'età, e presa di venerazione e gratitudine per i sommi che nel corso de'secoli durarono ingenti fatiche a pro delle generazioni avvenire, si convince essere l'orgogliosa sapienza de'moderni prezioso retaggio degli avi nostri, e doversi le grandi opere dell'umano ingegno tenere come il lento frutto di dotte meditazioni, di sagaci ricerche, di ripetuti sperimenti, di continui tentativi fatti col benefico sussidio delle scienze.

Per soddisfare all'onorevole incarico ricevuto, io mi sono giovato de'pensamenti di altri scrittori: pensamenti onde ho voluto confortare qualche mia considerazione. Ho diviso il mio discorso in tre parti. Nella prima parlo de'Ponti levatoi più in uso sino alla fine del passato secolo; Nella seconda di quelli più in voga nel secolo che corriamo; Nella terza espongo il trovato del Corrado. Ho ancora di buon grado aggiunto due note attenenti al suggetto, le quali erano dall'Autore citate: lavoro di due valorosi allievi di Ponti e Strade, Signor Annibale Corrado fra-

tello del defunto, e Fortunato Padula, di cui l'uno ha dato esatto calcolo dell'attrito che soffre la macchina del Corrado, e l'altro ha bellamente espressa l'analisi per l'equazione della sviluppata dell'Epicicloide.

Io sarò contento, se questa piccola mia fatiga potrà riuscire di qualche vantaggio a' giovani, dei quali va oggi glorioso il nostro Real Corpo del Genio, e se le mie parole varranno sempre più a mostrare a' miei allievi nella Scuola di Fortificazione del Real Collegio Militare, che nell'arma, nella quale abbiamo l'onore di servire il Re, molte, svariate ed assai gravi sono le cognizioni che si addimandano, e sommo il bisogno di non ristar mai dallo studio delle più difficili scienze, dalla continua meditazione e dalle attente disamine, senza le quali è vano sperare giovarsi delle maravigliose scoperte ed invenzioni, onde in seno a lunga e benefica pace si vanno oggi sempre più arricchendo le arti coadiutrici di quella della guerra.

Il Consiglio Generale delle Fortificazioni ha approvato la scrittura, ed ha disposto che si mettesse a prova la novella congegnazione in un ponte levatoio sul primo ingresso del castello della Real piazza di Gaeta. Quel ponte ricorderà il valore del Corrado nelle scienze, e renderà la sua memoria cara e venerata nell'avvenire.

PARTE PRIMA.

De' principali ingegni più in uso sino alla fine del passato secolo per alzare i ponti delle piazze di guerra: vantaggi ed inconvenienti di ognuno di essi.

PONTE è una via o sentiero di pietra, di legno, di ferro, o di funi elevato in aria dall'arte a fin di traversare un fiume, un torrente, un fossato, e talvolta i precipizî che dividono le montagne. Tali edificî sono a diritta ragione annoverati tra' primi di utile pubblico. Le difficoltà che presenta la costruzione di ponti di fabbrica, i quali dimandano archi di una grande apertura, e l'ignoranza, in cui furono per molto tempo gli antichi circa l'arte di formar le volte, fa presumere che da principio fossero i ponti costrutti di legno. La quale opinione è confortata dalla storia, dove spesso ti avvieni in descrizioni di edificî famosi nell'età più rimote, e non mai in alcuna che riguardasse a' ponti di pietra. I cenni che si leggono de' ponti costrutti da Dario, da Serse, da Pirro, da Semiramide non fanno alcuna menzione de' loro particolari, e niuna reliquia ne rimase fino a tempi nostri o a quelli a noi vicini. Tali ponti dovevano essere in qualche maniera simili a quello che, costrutto sul Reno da Cesare, è dal vincitore delle Gallie ricordato ne' suoi Comentari: e però accomodati al traggitto delle truppe, erano distrutti compiuta appena l'invasione o il momentaneo movimento dell'esercito.

Non così addivenne da che la Stereotomia applicata al taglio delle pietre insegnò la maniera di costruire volte permanenti: imperocchè si cominciò allora a far uso di materiali più solidi; e quegli edificî con maravigliosa arte costrutti sono oggi ancora nelle loro ultime rovine testimonio solenne della perizia e della magnificenza che ammirasi nelle opere architettoniche degli antichi.

Prima del dodicesimo secolo dell' era Cristiana, solo l' Italia aveva molti ponti di durevole costruzione, i quali come tutti quelli che in piccol numero erano in altre regioni dell' Europa, rammemoravano le conquiste ed il potere de' Romani dominatori del mondo.

Oltre i ponti stabili è antico l' uso e grande il bisogno de'ponti mobili, sia per servirsi di essi all'unione delle due sponde de'fiumi, in modo che dove non possono elevarsi a molta altezza da non impedire il passaggio delle navi, possano di leggieri levarsi e lasciar libera la navigazione, sia per interrompere a volontà la comunicazione fra le due sponde, sia infine quando la profondità, la larghezza e la rapidità rende difficile ed assai dispendiosa la costruzione di un ponte stabile.

Le teoriche che riguardano alla costruzione di tali specie di ponti appartengono all' Architettura Civile: e se nella guerra è spesso bisogno di ponti temporanei, non è nostro intendimento di esporre le leggi onde vogliono costruirsi: materia di speciali trattati, de' quali non è qui luogo favellare.

Le grandi comunicazioni di una piazza di guerra con la campagna si fanno per mezzo di porte e passaggi coverti costrutti a volta e praticati nel centro delle cortine su' fronti meno esposti. Da tali porte si passa alla mezza luna, alla contrascarpa o ad altra opera mercè di un ponte diviso in due parti; delle quali l' una immobile o fissa, e chiamasi *ponte stabile*, l'altra mobile, e chiamasi anche *ponte levatoio*, perchè congegnata in modo da dividersi a volontà ed interrompere il passaggio (1). La mobilità

---

(1) *Pare che tale specie di ponte fosse detto levatoio dai nostri antichi scrittori italiani perchè si potevano la sera levare i tavoloni su' quali si faceva il transito nelle fortezze, e la mattina rimettersi al loro sito.*

de' ponti levatoi dipende da acconci artifici, pei quali il tavolato, che chiamasi anche *palco*, può essere levato, e rimesso al suo luogo, mercè un movimento di ruotazione o di translazione.

Non si conosce precisamente quando si cominciassero ad usare i ponti levatoi nelle piazze di guerra. Sembra che ne' primi tempi della Repubblica i Romani ne ignorassero l'uso, altrimenti

. . . . · . . . . . » *quel che solo*
« *Contra tutta Toscana tenne il ponte* »

non avrebbe dovuto attendere che fosse rotto il ponte che gli era alle spalle per opporre un argine all'invasione del nemico onde era minacciata Roma. Troviamo altronde nelle dissertazioni del Muratori, che tale specie di ponti, venne la prima volta nominata negli Statuti di Modena dell'anno 1366.

Diversi ingegnosi meccanismi furono finora immaginati per ottenere un celere ed equilibrato movimento ne' ponti levatoi. Si è fatto muovere il palco intorno ad un asse orizzontale situato in una delle sue estremità ed appoggiato al rivestimento. Il più delle volte il movimento è eseguito da due lunghe e grosse travi che chiamansi *bolcioni* o *bolzoni*, e da altre minori che tengono congiunte le prime, ed in tal caso prende il nome di ponte ad *altalena* o a *leva*. Alcune volte l'asse orizzontale trovasi ad un punto intermedio del tavolato, ed allora dicesi ponte in *bilico*. Quando il tavolato si alza per mezzo di un telaio sospeso in alto alla volta della porta, prende il nome di *doppia porta*. Sono altri meccanismi ordinati senza telaio superiore o inferiore che facciano contrappeso, e senza che sia mestieri di bolcioni. Ad ammaestramento de' giovani allievi che si vanno iniziando nella scienza delle fortificazioni, andremo brevemente notando i vantaggi e gl'inconvenienti di tali ingegni, sia riguardo all'uso a cui sono destinati, sia riguardo alle leggi di meccanica onde vogliono essere costrutti.

PONTE AD ALTALENO COI BOLZONI ESTERNI,
DETTO ANCHE A BILANCIONE.

Tav. 1.ª
fig. 1.ª Il più antico ponte mobile sino a certo tempo e quasi universalmente usato nelle piazze di guerra muovesi come una specie di *altalena* stando in bilico superiormente. Il telaio, che fa da contrappeso, è composto di parecchi pezzi di legno, e specialmente di due bolzoni, che diconsi anche *frecce*, all' estremità de' quali sono attaccate le catene che sostengono il movimento del ponte. Tutto il sistema è mobile sopra un asse A' parallelo all' asse A del palco. Per potere determinare con esattezza e semplicità le condizioui d' equilibrio, si rendono uguali i lati opposti del quadrilatero ABA'B' che ha, per vertici gli assi, o centri dei cardini A, A' del palco e del telaio superiore ed i punti di riunione B, B' dell' estremità delle catene, che legano i bolzoni col palco. In tal modo il piano medio del telaio superiore è parallelo a quello del palco per la posizione orizzontale e si devono disporre in modo le cose che tali piani restino anche paralleli in tutte le posizioni possibili del sistema. Per ottenersi tutto ciò in pratica, si comincia dal comporro il palco sulle condizioni delle convenienze del luogo e della solidità. Laonde rimarrà determinato il centro di gravità G, il suo peso P ed il momento P $\times$ AG. Quindi si passa a fissare la lunghezza de' bolcioni A'B' eguale alla lunghezza AB del palco, e si regolano a tasto le dimensioni e posizioni delle parti, che compongono l' armadura del telaio, e la sua ferratura secondo le convenienze del luogo, avendo l' avvertenza di lasciare qualche cosa all' arbitrio, affinchè per mezzo suo si possa soddisfare all' equazione di equilibrio P . AG = P' . A'G'. Resta solamente ad adempiere alla condizione del parallelismo delle linee AG, A'G', operazione la quale non offre alcuna difficoltà, da poi che senza turbare l'eguaglianza de' momenti, si può abbassare o elevare l'asse de' cardini sulla perpendicolare al piano medio del telaio, per la

quale operazione anche la posizione dei punti di legamento delle catene col palco potranno concorrervi. Tali cose dimandano molta accortezza, avvegnachè ove si affidino i particolari della costruzione ad artefici non instrutti abbastanza da determinarne rigorosamente le forme, e la positura, si corre il pericolo d'incorrere ne' difetti riprovati in gran numero de' ponti levatoi che sono nelle piazze, dove pochissimi possono maneggiarsi con la facilità di che la teorica dava sicurezza. Perchè i giovani intendano minutamente la costruzione pratica del ponte, dal quale abbiamo favellato, e quelle di qualunque altro di diverso congegnamento, gioverà loro consultare il Capitolo II del corso di costruzione ad uso degli Allievi della Scuola Reale di Artiglieria e Genio del Signor Soleirol Capitano di quel Corpo in Francia.

Non si adopera più tale specie di congegnazione nelle piazze nuove, perchè le leve scuopronsi da lontano a modo di telegrafo, quando il ponte si alza o si abbassa, ed il cannone del nemico può romperle facilmente, e fare quindi abbassare il ponte senza che quei della piazza possano impedirlo.

A ciò deve aggiungersi che le frecce esterne esposte sempre alle intemperie delle stagioni richiedono frequenti riparazioni tal che, secondo l'esperienza, è d'uopo rinnovarle ogni dieci anni: grave difetto sì per le vedute militari e sì per l'economia che in tutte le opere pubbliche e private è bello con particolare diligenza curare.

Ci rimane a conoscere se il descritto congegnamento adempia alle leggi della meccanica.

Se si porta accurato esame a tutto ciò che avviene nel movimento di un ponte levatoio, è facile intendere che il problema di meccanica si riduce a far decrescere il momento del contrappeso secondo la legge, che seguita la diminuzione del momento del palco a misura che s'innalza, sì che girando esso sopra i suoi cardini dia costante equilibrio nelle diverse posizioni del sistema, fatta astrazione dalle resistenze passive, che meritano altra consi-

derazione. Quindi la quantità d' azione istantanea deve essere nulla per tutte le posizioni possibili ; la quale cosa richiede evidentemente che il centro di gravità generale dei pezzi costituenti un sistema, non possa elevarsi o abbassarsi in alcuno istante e rimanere costantemente alla stessa altezza o nello stesso piano orizzontale. Ed in altri termini « la somma algebrica de' momenti dei dif-
» ferenti pesi, considerati relativamente ad un piano orizzontale
» qualunque, deve essere invariabile, ed in particolare una tale
» somma deve essere nulla costantemente, se si prendono detti
» momenti per rapporto ad un piano orizzontale, che passa pel
» centro di gravità generale del sistema considerato in qualunque
» posizione potrà occupare ».

Alcuni autori di congegnazione di ponti mobili divisarono allontanarsi da tal principio di equilibrio costante nei diversi punti del movimento, e compensare i difetti col crescere o minuire questo movimento. Vedremo in seguito se bene avvisassero : quì basti il dire essere noi di opinione, che sia sempre da preferirsi una congegnazione che tenga il palco mobile, ne' diversi punti del movimento, sempre in eguali condizioni, da poi che ne' repentini casi di guerra debbano essere le stesse, sia il palco nella posizione orizzontale, sia nella verticale, sia in qualunque punto intermedio.

Sotto un tal punto di veduta giova esaminare le condizioni meccaniche del ponte mobile ad altaleno co' bolzoni esterni. In tale sistema il palco mobile è posto in movimento mercè del meccanismo sopra indicato, ed è perciò facile riconoscere le condizioni dell' equilibrio. È chiaro da prima, che il principio generale dell' equilibrio, da noi sopra fermato, si ottiene con esattezza e semplicità purchè il quadrilatero ABA'B' sia un parallelogrammo, e che le parti del sistema sieno determinate, come si è indicato di sopra, in modo che stando il palco nella posizione orizzontale sia $P.AG = P'.A'G'$; facendosi attenzione, che si è supposto, come conviene, il peso di ciascuna catena BB' decomposto in due, ano che agisca nel punto di unione B, e l' altro in B', e di comporsi in conseguenza questi con quelli pesi che ci sono dati dal telaio e dal palco. Difatti sia O il centro di gravità generale del sistema considerato in una posizione qualunque. Esso dovrà restare alla stessa altezza per tutte le altre posizioni del sistema, cosicchè condotta l' orizzontale LOM ed abbassate le verticali Gg, G'g', dovrà restar sempre

$$P.Gg = P'.G'g'$$

Sia in un istante qualunque del movimento l' angolo α formato dalla retta AG che va dall' asse al centro di gravità G del Palco, e dall' Orizzontale Ax, e dalla posizione AG movendosi il palco, il suo centro di gravità G descriva l' arco di cerchio infinitamente piccolo GS $= d$S; dS$.\cos \alpha$ rappresenterà evidentemente l' altezza elementare, per la quale si sarà scansato il punto G, e P$.d$S$.\cos \alpha$ esprimerà la quantità della quale avrà variato il momento P$.$Gg del peso P del palco o, se vogliasi, il momento virtuale, o la quantità di azione elementare relativa all' elevazione della forza P; Se si chiameranno α', dS' le quantità analoghe relative al centro di gravità G' del telajo è chiaro che sussistendo l' equazione

$$P.Gg = P'.G'g'$$

dovrà egualmente sussistere l' altra

$$P.dS.\cos \alpha = P.dS'.\cos \alpha'$$

Abbiamo d' altra parte

$$dS = AG.d\alpha \, , \; dS' = A'G'.d\alpha'$$

quali valori sostituiti nell' equazione precedente, ci daranno

$$P.AG.d\alpha.\cos \alpha = P'.A'G'.d\alpha'.\cos \alpha'$$

ed essendo per il parallellismo

$$d\alpha.\cos \alpha = d\alpha'.\cos \alpha'$$

resterà sempre P$.$AG $=$ P'$.$A'G' e perciò anche

$$P.Gg = P'.G'g'$$

L' esattezza teorica che ammette questo ponte non lo esenta da alcuni difetti difficili ad evitarsi nell' esecuzione. Laonde a quelli, accennati sul principio per le frecce che restano esposte alle offese del nemico e per i danni che soffre dall' intemperie, fa d' uopo d' aggiungere che il parallelismo tanto necessario al suo equilibrio è soggetto ad alterarsi, appena che il telaio coi bolcioni è posto nella sua situazione, e le catene sono uncinate alle leve esterne o frecce, da poi che la forte tenzione di tali catene farà curvare i bolcioni, e la curvatura crescendo col tempo ed a misura che il legno va perdendo la sua elasticità, la posizione del centro di gravità viene ad essere a poco a poco alterata, e l'equilibrio va a mano a mano perdendosi. Si attribuisce volentieri quest'alterazione di equilibrio a cause indipendenti dalla congegnazione del ponte, cioè alla variazione d'intensità provata dal legno, alla pioggia ed al fango che rende maggiore il peso del palco, alla ruggine dei ferri, allo storcimento degli assi dei cardini, ec. L' esperienza ha provato che tali cause, comunque contribuiscano anch'esse all' alterazione dell' equilibrio, hanno molto minor potere della causa fin da principio da noi accennata. Ed a meglio chiarire le nostre osservazioni sarà utile riportare quella su tale proposito fatta dal chiarissimo Capitano del Genio Poncelet. Fu eseguito, die' egli, alla porta di Francia in Metz un ponte levatoio a telaio superiore con bolcioni, il palco del quale coverto di lamine pesava 3,572 kilogrammi, e non esigeva, dopo le correzioni fatte al peso del telaio, se non un solo uomo per esser maneggiato. Da questo fatto, egli tira la prima conseguenza in opposizione dell' altrui opinione, cioè quanta poca influenza eserciti l'inerzia delle masse in una macchina sommessa a semplici pressioni e non ad urti, stante che nel caso accennato il palco ed il telaio riunito pesavano niente meno 8,672 kilogrammi. Osservava dippiù il dotto scrittore, che dopo un certo tempo quel ponte, il quale poteva essere maneggiato da un solo uomo, richiedeva indispensabilmente quattro uomini, il che derivava dalla gravità del legno alterata, e molto più dallo spostamento del centro di gravità, tanto più che le frecce o bolcioni avevano preso una curvatura di 10 a 16 centimetri. Nella pratica si ha l'uso di correggere le variazioni del peso, ma non si cura il cambiamento di figura; con che si può ristabilire l'equilibrio nella posizione iniziale, ma non serbarlo costante nel movimento, inconveniente gravissimo in questa maniera di ponti.

Si è creduto impedire lo storcimento delle frecce con adoperare due riticni di ferro, come accenna il Signor Laisné nel suo *Aide-Memoire portatif à l'usage des Officiers du Génie*, ma noi abbiamo ragione di credere che non si possa molto fidare sopra tale espediente.

Il rinomato matematico Carlo Bossut, nel suo corso di Matematiche, all'appendice del tomo III ove tratta della meccanica, dà il calcolo numerico di un ponte levatoio ad altaleno con bolzoni esterni, ed è utile averne cognizione da chi per la prima volta si accinge alla costruzione di tali ponti.

Buonaiuto Lorini, scrittore accurato e di alto merito nell'arte di fortificare, avendo veduto sin a suoi dì dal bilancione non derivare se non discapito, pensò di alzare il ponte col mezzo di due catene attaccate alla testa, le quali traversassero il muro lateralmente all'arco della porta, scorressero su due girelle di bronzo, aggiunti all'estremità loro due pesi che equilibrassero la gravità del ponte, in modo che poca forza si richiedesse perchè il ponte fosse mosso e sollevato. Ma è facile comprendere, senza avere bisogno di dimostrazione e di figura, il contrappeso dovere stare al peso del palco come il lato di un quadrato sta alla sua diagonale, affinchè vi sia equilibrio fra queste due forze; or se il palco dalla situazione orizzontale si facesse passare ad una situazione obliqua girando intorno ai suoi cardini, è certo che l'equilibrio sarebbe tolto, ed il peso del palco non agendo più secondo una direzione allo stesso perpendicolare, non produrrebbe gli stessi sforzi di prima per bilanciare l'azione del contrappeso: Quest'ultimo discenderà con moto accelerato lunghesso la verticale, ed il ponte andrà ad urtare precipitosamente e con danno contro gli stipiti ed il fronte della porta, con pericolo di ricadere, o almeno di scompaginarsi, storcersi, e presto a divenire inutile. In vista di tai difetti, si ritornò all'idea del ponte a bilancione superiore ma con bolzoni al di dentro della porta.

PONTE A BILANCIONE CON BOLZONI INTERNI.

Tav. 1.ª
fig. 2.ª
Questa congegnazione differisce dalla precedente, in quanto che i bolzoni o frecce non veggonsi all'esterno della Piazza, come osservansi nella Tavola I.ª fig. 1.ª Ciascuna leva gira sopra un perno, in modo che la catena essendo da un lato ben ferma al palco del ponte, e dall'altra alla punta della freccia, l'estremità anteriore del movimento descriverà un arco nell'interno del vestibolo, mentre l'estremità del ponte ne descriverà un altro affine di prendere la posizione di chiusura. Questo ponte, dice Belidoro, non mancherebbe di pregio, se per dare posto alle frecce non occorresse uno spazio troppo grande al di sopra del bilico, in modo che dovendosi fare a volta ed a prova di bomba la parte superiore dell'antrone, sarebbe una tale covertura straordinariamente alta, e la facciata troppo in vista alle offese del nemico. Dippiù la larghezza in dentro che bisognerebbe dare alla suddetta volta per situarvi tutta la lunghezza delle frecce, verrebbe a restringere il passaggio del terrapieno al di sopra di essa ed impedirebbe il carreggio del cannone, e qualunque altra operazione sul ramparo.

I difetti in quanto ad equilibrio del ponte a bilancione con bolzoni esterni notati di sopra sono comuni con quello di cui trattiamo, e però non c'intratterremo più a lungo a parlarne.

PONTE A LEVE DETTO A *ZIG-ZAG*.

Tav. 1.ª
fig. 3.ª
La figura 3.ª presenta un'altra specie di congegnazione combinata dal Givet, e presentata a Pellettier di Sousy, e la figura stessa ne dice più di quello che far potremmo con le parole. Si

vede in tal combinazione di leve il vantaggio che potrà ricavarne la potenza in paragone della resistenza nell' atto del movimento. Il meccanismo ha per fondamento gli stessi principî del ponte a bilancione col quale ha comuni molti difetti, e qualche vantaggio su di quello viene acquistato a caro prezzo per attrito maggiore: laonde portiamo opinione che possa appena tollerarsi siffatta costruzione ne' ponti di piccole dimensioni, come con lodevole riuscita si è praticato nell' ingresso della cittadella nella piazza di Gaeta.

PONTE A TELAIO SUPERIORE SENZA FRECCE,
DETTO ANCHE A DOPPIA PORTA.

Affine di avere una giusta altezza per la covertura dell'androne ed evitare all' intutto i difetti delle frecce sieno esterne sieno interne, s'immaginò un ingegno di tavole e travi a guisa di porta, il quale collocato nell' area superiore dell' androne fosse mobile intorno ad un cardine orizzontale. Due catene partono dall'estremità anteriori angolari del palco mobile, passano per due pulegge nell'alto degli stipiti della porta e vanno a fermarsi nella parte anteriore del detto tavolato superiore, il quale, quando il palco è nel livello orizzontale dell'androne, resta sospeso in aria anche esso orizzontalmente. Il rimanente della catena, dopo il punto di unione con la porta pensile, si distende verticalmente per poterla tirare, quando fa d'uopo dar movimento al palco. Però tirando la catena, il tavolato sospeso si abbassa, ed il palco del ponte in conseguenza si alza. È chiaro esser mestieri lasciare un vano nel tavolato sospeso, affinchè, quand'esso è abbassato facendo le veci di una seconda porta, si possa andare a chiudere i chiavistelli del palco elevato.

Si comprende che nel movimento di questo tavolato superiore l'androne dovrà restare sgombro. È da riflettersi d'avvantaggio che il maneggio della congegnazione che descriviamo, e lo stesso deve dirsi delle due precedentemente descritte, può riuscire nocivo quante volte per accorrere agli accidentali disquilibri , si debbano mettere delle pertiche per sostenere iu aria l'estremità del bilico o del tavo_lato sospeso: e se i puntelli scappano o si rompono , possono cadere improvvisamente i contrappesi , e cagionare violenta scossa al ponte , e gravi danni alle persone che transitano.

Il congegnamento del ponte da noi descritto non conserva l' equilibrio, perchè il centro di gravità della resistenza si muove lungo la convessità di un quadrante , e quello della potenza lungo la concavità di un altro quadrante , ed appresso dimostreremo che per esserci equilibrio , la potenza dovrebbe muoversi lungo una curva diversa dal cerchio. È facile d' altronde comprendere 'drittamente, che l' equilibrio per una volta stabilito esattamente nella prima posizione , cioè quando il palco è orizzontale , non possa mantenersi negli altri punti del movimento, stantechè i momenti delle tensioni delle due parti della catena, una interna e l' altra esterna , variano continuamente, ed il ponte arriverebbe all' architrave della porta con grande velocità, e per conseguenza sarebbe soggetto in parte a'difetti notati iu quello del Lorini. Per dimostrarlo: sia il palco in una posizione qualunque CA', quella che prenderà il contrappeso sarà DB' dovendo essere ACA'=BDB' ; segniamo l'angolo ACA'=2φ. S'immagini il peso P decomposto in due , uno secondo la catena BA', l'altro secondo A'C, la qual forza va a perdersi nel fulcro C. Chiamata t la forza secondo A'B, e q il quadrante , avremo

Tav. 2.ᵃ
fig. 2.ᵃ

$$P : t = \operatorname{sen} \left(\frac{3q}{2} - \varphi \right) : \operatorname{sen} \left(q - 2\varphi \right)$$

e quindi $t = P \times \dfrac{\operatorname{sen} \left(q - 2\varphi \right)}{\operatorname{sen} \left(\dfrac{3q - 2\varphi}{2} \right)} = P \sqrt{2} \times \dfrac{\cos 2\varphi}{\cos \varphi + \operatorname{sen} \varphi}$

Parimenti decomponendo il peso Q in due altri, uno secondo la catena BB', l'altro secondo B'D, quest'ultimo si perde nel fulcro

D, e l'altro agirà nel verso della catena, la quale forza chiameremo t', si avrà

$$Q : t' = \text{sen } B'BD : \text{sen } GB'D$$

ossia $Q : t' = \text{sen } (q - \varphi) : \text{sen } (q - 2\varphi)$

e perciò $t' = Q \times \dfrac{\text{sen } (q - 2\varphi)}{\text{sen } (q - \varphi)} = Q \dfrac{\cos 2\varphi}{\cos \varphi}$

Nella posizione iniziale del palco essendo $2\varphi = 0$ sarà $t = P \sqrt{2}$, e $t' = Q$

e se in tal posizione si voglia l'equilibrio, dovendo essere $t = t'$, per necessità dovrà stare

$$P : Q = 1 : \sqrt{2}$$

Da ciò chiaramente si deduce, che determinato l'equilibrio nella posizione iniziale, non potrà mantenersi nelle altre, poichè avendosi sempre $t = P \sqrt{2} \dfrac{\cos 2\varphi}{\cos \varphi + \text{sen } \varphi}$

e $\qquad t' = P \sqrt{2} \dfrac{\cos 2\varphi}{\cos \varphi}$

tali espressioni non potranno uguagliarsi se non nel caso di $2\varphi = 0$, cioè nella posizione orizzontale del Palco, e dalle stesse espressioni facilmente s'intende che il moto del Palco tanto nel salire che nello scendere dovrà essere accelerato.

PONTE A BILICO DETTO ANCHE A TRABUCCO.

Mal riuscite le congegnazioni a bilancione superiore con bolzoni esterni o interni, e quelle dette a doppia porta, si pensò situare sotto il livello dell'androne il bilico a contrappeso. Il quale è nascosto in un cavo, che chiamasi *gabbia del bilico*, coverto di un intavolato fisso a livello del pavimento del vestibolo; e si osserva che mettendo in movimento la immaginata congegnazione, il telaio del contrappeso descriverà in giù dentro la gabbia un arco circolare, mentre il palco del ponte ne descrive un altro superiore per andare a prendere la posizione verticale. Per discendere

Tav. 1.ª
fig. 5.ª

*

nella gabbia, affine di nettarla di quando in quando della polvere e della terra che suole apportarvi il passaggio pel vestibolo, per isgombrarla dalle acque che possono filtrarvi e per potere riparare nelle occorrenze il contrappeso, si fa una scala in uno dei piè dritti laterali. Belidor dice che questa specie di ponti non si usa più, perchè a ben considerarla è tanto difettosa quanto le altre a bilancione superiore da noi sopra discorse; e dippiù oltre la molta spesa per la costruzione della gabbia, s'indebolisce anco il rivestimento della fortificazione che fa da testata al ponte, si richiedono continue riparazioni, e n'è difficile il maneggio. Gl'inconvenienti aumenteranno se il fosso si supponga pieno di acqua, atteso le filtrazioni.

Quanto alle condizioni di equilibrio, sono esse in questo ponte semplicissime. Il sistema forma naturalmente una bilancia, e basta che il suo centro di gravità coincida coll'asse dei cardini perchè l'equilibrio sussista in ogni punto.

Tav. 1.ª
fig. 6.ª

Ad oggetto di evitare l'indebolimento del rivestimento inferiore alla porta col gran vôto in dietro, e scansare le filtrazioni dell'acqua, alcuni han proposto, e vi sono degli esempî nei Paesi Bassi, di non conservare del bilico che le sole frecce prolungate nell'interno, e situare sopra tali prolungamenti dei massi di ferro fissati a convenevole distanza dall'asse dei cardini, in modo che sempre il centro di gravità del sistema coincida coll'asse di cui si tratta, e quindi l'equilibrio sussista nelle varie situazioni. Quanto al movimento, bisogna eseguirlo sia al modo dei ponti a frecce superiori, sia facendo agire gli uomini dalla parte superiore del tavolato per mezzo di lunghe pertiche di legno.

PONTE ALLA OLANDESE.

Tav. 1.ª
fig. 7.ª

In Olanda si è fatto uso di un ponte, per mezzo del quale il movimento si esegue con l'aiuto di una ruota dentata fissata sul palco, e con bilico inferiore. La ruota mettesi in movimento per mezzo di un rocchetto e di una manuella. Siccome questo Ponte fu usato dal Carnot nel suo sistema di fortificazione, così è stato detto anche alla Carnot.

Il Signor Dufour, Generale del Genio in Isvizzera, nel suo pregevole trattato di Fortificazione, dice: *Cependant cette machine, vu la lenteur de son mouvement, ne remplit pas complètement son objet.* Ed il Signor Poncelet ha soggiunto: *Ce pont, attendu la sujétion qu'il présente, n'est guères employé que dans les cas où l'équilibre ne peut être rigoureusement établi, soit parceque l'espace en arrière manque pour loger la bascule, soit parce qu'il y a lieu de craindre que l'eau des fossès ne s'introduise dans le vide, où s'opère la manoeuvre de cette bascule.*

Il Capitano del Genio Héré fece un ponte levatoio a Neuf Brisack, e ci viene rapportato dal Gauthey. Un braccio verticale C è infisso al palco nell'estremità dell'asse di rotazione, che è posto in movimento, mediante una catena *c* sostenuta sull'estremità de' raggi *r, r, r,* uniti da sprangho fatte da due pezzi che possono stringersi ed allargarsi come le aste di un compasso. *Tav. 1.ª fig. 8.ª*

Tali spranghe quando il ponte è alzato si ricoverano in apposite incastrature fatte nei raggi che in questo stato del sistema si trovano tutti raccolti uno presso l'altro. Questa specie di ponte evita in gran parte i difetti notati in quello all'Olandese, ma ci sembra che non possa usarsi se non per ponti di piccola dimensione.

PONTE ALLA DOBENHEIM.

Il Signor Dobenheim chiarissimo professore della Scuola di Metz immaginò di evitare gli inconvenienti del Ponte a doppia porta da noi sopra descritto, e nel 1789 fece eseguire la sua idea a Bergues. Egli stesso ne aveva costrutto uno più piccolo precedentemente a Condò; posteriormente fu imitata la sua costruzione a Kehl ed a Cherbourg, ed a Mons nel Belgio. Anche nel *Tav. 1.ª fig. 9.ª* nostro regno se ne sono fatte delle applicazioni nelle Reali Piazze di Capua e di Gaeta. Tale ponte, lodato al suo primo apparire, è stato dopo da taluni notato di difetti. Dovendo esso servirci di termine di paragone, come quello che destò in un nostro valoroso compagno l'utile pensiere di un nuovo meccanismo, ed è stato posto in pratica, come si disse, nelle Piazze di Gaeta e di Capua, non sarà fuori di proposito intrattenerci della sua descrizione, prima di accennarne i vantaggi ed i difetti.

In questo ponte ogni catena che trae il palco passa come nel ponte a doppia porta sopra una girella M nello stipite superiore della porta, ed è collegata coll'estremità superiore a grossa barra di ferro CD quasi orizzontale nella sua posizione iniziale, e della stessa lunghezza del palco. Tale grossa barra nelle circostanze, che diremo, sarà caricata di piccoli massi o dadi di ferro fuso, che hanno la possibilità di potere cambiar sito sopra di essa. Intorno ad un altro punto fisso C' diverso da quello C che serve di perno alla prima barra ma nella stessa orizzontale e distante da esso per circa 12 pollici, può girare una seconda barra C'D' della stessa lunghezza della prima. Una catena DD' unisce l'estremità delle due barre, ed ha per lunghezza la corda di un arco di 45 gradi, il cui raggio è uguale alla lunghezza della barra. La seconda barra potrà essere caricata similmente di massetti di ferro fuso, come la prima.

Stabilito siffatto congegnamento, si dispone il meccanismo del movimento nel modo seguente. Si ferma il palco nella posizione orizzontale, e si carica la seconda barra C'D' di massetti sufficienti perchè sia possibile di elevarlo senza molto sforzo alla posizione di 45 gradi. Pervenuto il palco a tale posizione, la barra C'D' prenderà naturalmente la posizione verticale, e non eserciterà più da quel momento alcuna forza nè sulla catena nè sul palco, il quale sarà mantenuto nella nuova situazione da qualche apposito puntello. E chiaro che in tale condizione di cose vi è bisogno di accrescere il contrappeso per equilibrare il ponte, e ciò si ottiene con nuovi massetti che s' infilzeranno alla prima barra CD nella sua nuova posizione che avrà preso a 45 gradi. Con facile tastamento regolando il numero e la posizione dei massetti, si verrà a capo di stabilire un perfetto equilibrio tra il palco a 45 gradi e la prima barra CD sopraccaricata dei nuovi massetti, in modo che togliendo il puntello non succeda alcun movimento. Ciò fatto, si discenderà bel bello il palco sopra i suoi appoggi orizzontali, e senza più toccare alla barra CD, si faranno le pruove a tasto con massetti nella seconda barra C′D′ in modo che sia stabilito l' equilibrio nella posizione orizzontale del palco.

Per tale costruzione è chiaro che l' equilibrio in questa specie di ponte ha luogo solamente per due posizioni diverse, cioè nella orizzontale del palco, ed in quella di 45 gradi, alle quali si potrà aggiugnere da sè una terza quando il palco avrà presa la positura verticale, bene intendendosi che qui si parla di equilibrio nella relazione solamente tra la potenza e la resistenza, senza tenersi conto dell'azione delle forze passive ed accidentali. È chiaro altresì, che nelle altre posizioni intermediarie alle tre indicate, l' equilibrio non sussiste. Ed in esse la potenza motrice è spesso obbligata ad esercitare grandi sforzi, sia per tirare il palco, sia per ritenerlo; ed il calcolo dimostra, che tali sforzi non sono inferiori a 150 ed anche a 200 chilogrammi per un palco di 2 a 3 mila chilogrammi; e l' esperienza fa egualmente conoscere che il suo maneggiamento, per casi non preveduti di doverlo fermare o muovere dalle posizioni nelle quali non v' è equilibrio, richiede da otto in dieci uomini, non senza pericolo alcuna volta di gravi accidenti.

Si può aggiungere che la misura della gravezza dei contrappesi ci porta a più di due mila e quattrocento chilogrammi, quanto è per lo meno quella del palco: ancorchè questa massa fosse anch'essa in equilibrio, esige pur nondimeno una notabile forza per essere posta in movimento, a causa dell' inerzia; quindi anche l' attrito della catena sulla troclea è grande, ed in ultimo le due troclee non essendo unite da un asse comune, se si fa uno sforzo più da un lato che dall' altro, si aumenta la resistenza considerabilmente ed il palco si torce.

Avremo occasione di aggiungere alcun altra considerazione rispetto a questo ponte nella 3.ª parte del nostro discorso.

PONTE DI BELIDOR.

Tav. 1.ª
fig. 10.ª
Il rinomato Maestro della scuola di Artiglieria a la Fère cercò un meccanismo che conservasse l'equilibrio in tutte le posizioni del palco tra il peso del ponte levatoio ed il contrappeso. Fu egli persuaso che conosciute le relazioni delle forze, affinchè il sistema al quale sono applicate prenda un movimento eguale a zero, vale a dire sia in equilibrio, riescisse poi facile determinare le relazioni di quelle perchè prenda il movimento che si vuole. Volle dippiù bandire il bilico sia all'alto della porta sia all'ingiù, e cercò che l'altezza intera dell'apparecchio non eccedesse se non pochissimo quella che è necessaria al passaggio del carro più voluminoso.

Per ottenere tali cose, alle due estremità della testa del ponte attaccava egli due catene, che conduceva lateralmente all'arco della porta in altezza dalla soglia di quanto era la lunghezza del palco, facendo passare ognuna al di dentro su due girelle di bronzo. Faceva pendere all'estremità loro due cilindri di ferro o di metallo che dovean formare equilibrio col palco. Lateralmente all'andito della porta metteva due canali della più dura pietra o di metallo, formati in linea curva epicicloidale, che da lui fu detta *linea de' seni*, quasi come tirasse la sua generazione da seni, i quali esprimono le grandezze di cognita relazione che nella costruzione si adoperano. Un tale sistema fu dallo stesso Belidor posto in uso in un castello nei dintorni di la Fère con ottima riuscita.

In virtù del principio generale per l'equilibrio fermato nel cominciamento di questa scrittura, è facile dare il modo di segnare la curva dei contrappesi mediante il seguente procedimento.

Dopo avere consultato le convenienze del luogo per determinare la posizione iniziale ed il peso de' cilindri relativamente alla posizione orizzontale del palco, si potrà agevolmente conoscere la situazione del centro di gravità generale o comune del sistema per questa medesima situazione, e per conseguenza si avrà l'orizzontale KL sopra la quale un tal centro dovrà costantemente trovarsi. Si supponga messo in moto il palco, e che prenda una posizione qualsiasi AB, si noti con P il suo peso, con Q il peso del cilindro, Gg sia la distanza del centro di gravità del palco dall'orizzontale KL, e $G'g'$ quella dell'asse del cilindro. Per l'equilibrio si deve avere

$$Q \cdot G'g' = P \cdot Gg$$

e perciò
$$G'g' = \frac{P \cdot Gg}{Q}$$

Da ciò siegue che se si conduca l'orizzontale CD distante da KL per quanto è il valore trovato di $G'g'$, in essa dovrà stare il centro del cilindro nel momento che il palco si trova nella positura AB.

Per altro verso consideriamo che la catena intera BM M'G' col movimento del palco non si è nè accorciata, nè allungata, ma quanto ha perduto la parte esterna, tanto ha acquistato la sua parte interna; il centro adunque del cilindro G' appartenere dovrà ad un arco di cerchio determinato dal centro M' e dal raggio M'G' conosciuto per l'allungamento della catena interna, e perciò nell'intersecamento dell'arco di cerchio e dell'orizzontale CD deve trovarsi il punto della curva pel quale passare dovrà l'asse del cilindro quando il palco si trova nella posizione AB; e così operando per le altre posizioni, si potrà per assegnazione de' punti ottenere la curva del costante equilibrio.

Nella suddetta assegnazione di punti per la costruzione della curva di equilibrio, si sono considerate le girelle come punti matematici. Volendo prendere in considerazione il loro raggio, fa *Tav. II.* d'uopo sostituire all'arco di cerchio una curva RRR ec. che *fig. 3.ª* si può segnare col metodo indicato dal Bergére distinto Uffiziale superiore del Genio in Francia, le considerazioni del quale sopra i ponti levatoi ci saranno di guida in molte altre cose che andremo sponendo intorno a questo soggetto.

A'Y' sia la lunghezza della catena del ponte. Si segni da A'a' la parte Aa, compresa tra il punto di legamento col palco, ed il primo punto di contatto con la girella nel principio del movimento. Si segnino ancora da a' in C' la parte ac che si ravvolge sul contorno della girella E, da C' in h' la parte ch compresa tra i due punti di contatto, da h' in f' la parte hf che si ravvolge sulla puleggia F, e finalmente da f' in Y' la parte verticale fY della catena. Supponiamo il punto di legamento A pervenuto in M, e la catena esterna in Mm, la parte hc non varierà : portando però lo sviluppamento dell' arco cm da C' in m' e la lunghezza mM da m' in M', si avrà M'A' per la lunghezza della catena che sarà passata sopra la girella E. Per conseguenza se conducasi alla girella F una tangente KR, se si sviluppi l'arco hK, se si porti questo sviluppamento da h' in K' sopra quello della catena, se nel prolungamento di A'Y' si prenda in seguito Y'R'= M'A', e se in fine si conduca K'R' da K in R, il punto R sarà evidentemente quello ove trovar si deve il contrappeso sopra la tangente KR. L' operazione ripetuta per le altre tangenti darà la curva richiesta.

Il signor Navier in una nota alla *scienza degl' ingegnieri di Belidor* ricava l' equazione della curva equilibrante nel modo che siegue.

La condizione dell' equilibrio costante tra P e Q porta sulle prime che il loro centro di gravità comune sia situato sempre sopra una stessa linea orizzontale ; e perciò chiamate y ed y' le distanze del peso P e del contrappeso Q dalla orizzontale che passa pel centro di rotazione del palco, avremo :

$$P y + Q y' = (P + Q) \times C$$

dinotando C una costante arbitraria.

Inoltre chiamando z la lunghezza della catena esterna, e z' quella dell' interna, ed osservando che la lunghezza intera di essa è costante, se chiamerassi l, dovrà essere:

$$z + z' = l \ (1)$$

In fine il punto di collegamento della catena col palco dove abbiamo supposto agire il peso P è soggettato a descrivere una circonferenza di cerchio intorno al centro di rotazione del palco, in modo che, chiamandosi a la lunghezza di esso, dovrà valere l' equazione

$$z^2 = 2a^2 - 2ay$$

eliminando z ed y tra queste tre equazioni, che rappresentano le condizioni del problema, si troverà:

$$2lz' - z'^2 = 2\frac{a^2}{P}y' + l^2 - 2a^2 + 2aC\left(\frac{P+Q}{P}\right)$$

Per essere la costante C una quantità arbitraria, si può determinarla in modo da fare sparire i tre ultimi membri col porre

$$l^2 - 2a^2 + 2aC\left(\frac{P+Q}{P}\right) = 0$$

per cui l' equazione della curva sarà

$$2lz' - z'^2 = \frac{2aQ}{P}y'$$

che appartiene ad un' Epicicloide, della quale i cerchi generatori sono eguali.

Tal condizione della curva si fa chiara così ragionando: Un punto di una circonferenza di cerchio, il quale, senza strisciare, rotola sopra la circonferenza di un altro cerchio situato nello stesso piano del primo, genera una curva che ha molta somiglianza con la Cicloide, per lo che è stata chiamata dai matematici *Epi-*

---

(1) *La porzione di catena frapposta tra le due girelle essendo costante, l'andamento ed il risultamento del calcolo non varia o che si tenga o che non si tenga conto della sua lunghezza.*

cicloide da (*epi*) su, (*cyclos*) ciclo o cerchio, ed (*eidos*) somiglianza. La rivoluzione del punto della periferia del circolo mobile può eseguirsi lungo la parte convessa o concava dell'altro circolo che è fisso.

av. 2.ª *g. 4.ª*

Sia CFH il cerchio fisso, e *b*FK una delle posizioni del cerchio mobile; tagliando l'arco F*b* uguale all'arco FC, si avrà in *b* un punto dell'epicicloide. Si congiungano le linee rette EG, C*b* e G*b*, e questa ultima si prolunghi in *a*; dal punto *b* si elevi la perpendicolare *bd* sulla retta AC. E poichè gli angoli CEF e *b*GF sono uguali, sarà la retta *a*E uguale alla retta *a*G, e quindi l'altra *a*C sarà uguale ad *ab*, ed i due triangoli *a*C*b* ed *a*EG saranno simili, e perciò,

$$EG : Cb = aE : aC$$

e dividendo

$$EG - Cb : Cb = CE : aC$$

Si chiami r il raggio dei cerchi generatori, e si noti $Cb = z'$, $dC = y'$; con tale notazione si avrà

$$2r - z' . z' = r : aC$$

da cui $aC = \dfrac{rz'}{2r - z'} \ldots \ldots \ldots (1)$

'Inoltre nel triangolo *ab*C isoscele, si ha

$$bC^2 = 2aC . dC, \text{ ossia } z'^2 = \frac{2rz'}{2r - z'} y'$$

cioè $2rz' - z'^2 = 2ry'$

equazione analoga a quella del Navier.

Dal paragone deduciamo che la lunghezza della fune o della catena del ponte di Belidor deve essere uguale al raggio generatore della Epicicloide, e quando l'altezza della carrucola per dove passa la catena da sopra il centro di rotazione del palco è uguale alla lunghezza del palco, e la lunghezza della catena si valuta dall'estremità del palco orizzontale sino alla carrucola superiore, dovrà essere per necessità $\dfrac{P}{Q} = \sqrt{2}$, il che era ancora chiaro dalle condizioni di equilibrio nella posizione orizzontale del palco.

Dalle condizioni di equilibrio si è dedotto sopra il modo di descrivere l'anzidetta curva per assegnazione di punti; ma si può disegnare meccanicamente l'Epicicloide con l'aiuto di un istrumento nel quale il centro di una circonferenza mobile, alla quale è affidata una matita, sarebbe obbligato a restare costantemente alla stessa distanza dal centro del cerchio fisso. Per uso dei nostri allievi abbiamo combinato un tale piccolo istrumento che risponde con molta precisione alle operazioni grafiche.

Affine di evitare qualunque equivoco intorno alla curva equilibrante di Belidor, fa d'uopo qui avvertire che la curva propriamente chiamata dai matematici Sinusoide è diversa dalla Epicicloide, e male a proposito Belidor diede il nome di Sinusoide alla sua curva. Difatti la Sinusoide è una curva che serpeggia sopra una linea retta, e se ne discosta sempre della stessa quantità ora da un lato, ora dall'altro in modo che la retta ne viene divisa in una infinità di parti eguali, e la sua equazione è

$$y = \operatorname{sen} mx$$

Un esempio di questa curva ci viene dato dalla proiezione verticale dell'Elice generata sul cilindro retto.

Non è fuori di proposito qui ricordare che la soluzione generale del problema, del quale quello di Belidor non è se non un caso particolare, si deve al marchese dell'Hôpital. Questo illustre scienziato cercò il primo di stabilire la teoria dell'equilibrio di due pesi legati agli estremi di un filo flessibile che scorrono sopra due curve diverse, così ragionando: Agli estremi di un filo flessibile che passa per una troclea fissa sieno ligati due pesi P e Q che si muovono sopra due curve diverse, e supposto che $y = fx$ sia l'equazione di una delle due curve, devesi determinare quella dell'altra, acciò i due pesi scorrendo su di essa, si mantenessero sempre in equilibrio.

Siano x ed y, x' ed y' le coordinate di due pesi P e Q in una posizione qualunque sulle due curve, ed X ed Y quelle del centro di gravità del sistema: si avrà pel noto principio di statica

30

$$Y = \frac{Py + Qy'}{P + Q} \quad \ldots \ldots \ldots \text{(a)}$$

Si dia al sistema un moto finito qualunque; seguendo il principio delle velocità virtuali, si avrà

$$Y + \triangle Y = \frac{P(y + \triangle y) + Q(y' + \triangle y')}{P + Q}$$

e tenendo conto dell'equazione precedente, ne risulterà

$$\triangle Y = \frac{P \triangle y + Q \triangle y'}{P + Q}.$$

e siccome dopo questo moto il sistema dev'essere in equilibrio, ne segue che

$$P \triangle y + Q \triangle y' = o$$

la quale integrata da

$$Py + Qy' = C \ldots \ldots \ldots \text{(b)}$$

e l'equazione (*a*) diventerà

$$Y = \frac{C}{P + Q} = A.$$

Da ciò si vede che per l'equilibrio occorre che il centro di gravità del sistema si tenga sempre sopra una linea retta orizzontale distante dall'asse delle ascisse per quanto lo indica la costante A.

Inoltre essendo costante la lunghezza del filo che unisce i due pesi, se questa si chiami l, si avrà una equazione della forma

$$f(x, y, x', y', l) = o$$

nella quale sostituendo i valori di x ed y ricavati dall'equazione (b) e da quella della prima curva $y = fx$, si otterrà un'equazione in x' ed y' che apparterrà all'altra curva cercata.

Se applichiamo il metodo generale dell'Hôpital al nostro caso particolare col sostituire all'equazione generale $y = fx$ l'equazione del cerchio, per la periferia del quale si muove la forza P, potremo avere l'equazione della nostra Epicicloide in x ed y rapportata ai due assi ortogonali che passano pel centro di rotazione del palco.

Infatti partiamo dall'equazione sopra stabilita, cioè

$$Py + Qy' = C \ldots \ldots \ldots \text{(b)}$$

dalla quale
$$y' = \frac{C}{Q} - \frac{P}{Q} y$$

mettiamo $\dfrac{P}{Q} = \omega$

avremo $y' = h - \omega y \ldots\ldots\ldots\ldots\ldots\ldots(1)$

Si è determinata la costante C osservando che quando $y = o$, si avrà $y' = h$ (notando con h l'altezza del contrappeso sul piano del palco nella posizione orizzontale), e perciò $C = hQ$ donde $Py + Qy' = hQ \ldots\ldots\ldots\ldots\ldots\ldots(2)$ e l'equazione (a) diventerà

$$Y = \frac{hQ}{P + Q}$$

la quale espressione è quella che dinota la distanza costante del piano orizzontale che passa pel centro comune del sistema delle forze dal piano orizzontale che passa per l'asse di rotazione del palco. Sia ora il congegnamento del ponte di Belidor rappresen- *Tav. 2.ª* tato nel modo più generale, cioè con una altezza qualunque IE *fig. 5.ª* della prima carrucola sulla soglia della porta; diamo ancora che la detta carrucola non corrisponda verticalmente sull' asse di rotazione del palco; vi sieno due carrucole E ed F, e finalmente la lunghez- za della catena M'FEM sia qualunque, ma costante. Si notino
$$EI = m,\ IB = n,\ YG = h,\ FE = g\,;\, BA = q$$

Ora essendo
$$M'FEM = M'F + FE + EM$$

si avrà
$$l = g + \sqrt{(m - y')^2 + (x' - g - n)^2} + \sqrt{(m - y)^2 + (n + x)^2} \ldots(3)$$

e pel cerchio si avrà
$$x^2 + y^2 = a^2 \ldots\ldots\ldots\ldots\ldots\ldots\ldots(4)$$

Eliminando x ed y tra le tre equazioni (1), (3), (4), si avrà per risultamento
$$l = g + \sqrt{(m - y')^2 + (x' - g - n)^2}$$
$$+ \sqrt{\left(\frac{m\omega - h + y'}{\omega}\right)^2 + \left[n + \sqrt{a^2 - \left(\frac{h - y'}{\omega}\right)^2}\,\right]^2} \ldots(A)$$

equazione di ottavo grado.

Quando si suppone, come nel caso ordinario del ponte di Belidor

$$m = a, \, n = o, \, GB = g, \, \omega = \frac{1}{\sqrt{2}}$$

l'equazione (A) diventa

$$l = g + \sqrt{(a-y')^2 + (x'-g)^2} + \sqrt{2a^2 - 2a(h-y')\sqrt{2}}$$

Quest'ultima è di quarto grado, e dà $x' = g$, quando si fa $y' = h$ e reciprocamente.

Tav. 1.ª
fig. 10.ª   Nulla vi ha da dire circa alle condizioni teoretiche di equilibrio del ponte del Belidor, pure alcune circostanze di fatto lo alterano. In fatti suppone la teoria che le diverse parti delle catene MEFM' siano costantemente tese in linea retta; ciò si può considerare prossimamente al vero per la parte esterna ME corrispondente al palco, ma non può dirsi lo stesso per la parte corrispondente dal lato della curva, poichè quest'ultima porzione aumenta di lunghezza a misura che diminuisce la sua tensione, e deve per forza prendere sensibilmente la forma della catenaria, il che impedisce che i contrappesi a cilindro conservino sopra le curve la posizione che ad essi dà la teoria.

D'altronde non si è tenuto conto del peso di queste stesse catene, sebbene questi pesi producano alterazioni di equilibrio da avere bisogno di un accrescimento di forza dalla parte del motore, equivalente almeno a quella che potrebbero esercitare due uomini riuniti.

Deve anche ricordarsi un altro difetto, e si è la mancanza di andamento uniforme ne' due cilindri che fanno da contrappesi scorrevoli sulla curva, in modo che facendosi uno sforzo da un lato maggiore di quello che si fa dall'altro, il palco del ponte si storce e l'attrito aumenta.

Altri difetti in pratica s'imputano alla congegnazione del Belidor, e consistono nella quasi impossibilità di tracciare la curva del contrappeso in modo che vi sia l'equilibrio dato dalla teoria: il maneggio dei cilindri di contrappeso è difficile, se si suppongano gli uomini applicati immediatamente a questi cilindri , nel qual caso, visto il loro numero , mancherebbero del sito necessario, e s'incomoderebbero scambievolmente senza nemmeno potere esercitare grandi sforzi nel verso delle catene. Belidor istesso lo conobbe, e consigliò di effettuare la manovra del palco per mezzo di piccole catene che lo tirassero direttamente , passando sopra pulegge di rinvio distinte da quelle del contrappeso. Un tal mezzo, non v'ha dubbio , farebbe evitare in parte gl' inconvenienti , ma la soggezione del maneggio aumenterebbe , e l'equilibrio sarebbo più soggetto alle alterazioni , specialmente quando il ponte si abbassa , poichè oltre la resistenza del contrappeso , dovrebbe vincere il peso delle nuove catene ed il loro attrito sulle seconde pulegge. Le forze passive sono anche considerabili nella combinazione del Belidor , e non c' intratteniamo a calcolarle , poichè avremo occasione di doverlo fare in un altro congegnamento, e le formole che in quello saranno applicate , potranno di leggieri usarsi anche per questo.

PARTE SECONDA.

Condizioni generali che i moderni ingegneri vogliono che si tengau presenti nella congegnazione di un ponte levatoio, e nuovi sistemi posti in pratica.

Visti i vantaggi ed i difetti de' varî ponti levatoi dei quali si è parlato , gl'ingegneri militari del nostro secolo han reassunto nelle condizioni che seguono gli obblighi che s'imponevano nella formazione di un ponte levatoio:

1.º Deve fuggirsi il bilico superiore ed inferiore.

2.º Tutta l'altezza dell'apparecchio non deve eccedere se non pochissimo quella che è necessaria pel passaggio de'carri più carichi.

34

3.º I contrappesi, se si adopera tal mezzo, avranno la minima gravità possibile.

4.º La congelazione delle acque del fossato non dovrà impedire il movimento del ponte, comunque piccola sia la sua elevazione al di sopra di quelle acque.

5.º Il maneggio del ponte dev'essere ascoso alla vista, e non esposto alle offese del nemico, e di una semplicità tale, che coloro i quali sono incaricati di eseguirlo con facilità ne comprendano il meccanismo.

6.º È necessario che la costruzione della macchina dipenda da teorie che assicurino un equilibrio costante tra il palco mobile del ponte e la forza che tende a sollevarlo ; e tali teorie sieno di facile applicazione, e le diverse parti del congegnamento si possano in tutti i luoghi e da comuni artefici costruire.

7.º Deve cercarsi di evitare per quant'è possibile l'uso delle catene, il piegamento delle quali rompe l'equilibrio ed aumenta l'attrito.

8.º Le forze passive debbono essere ridotte al *minimum* possibile.

Ai più chiari autori che di tale materia trattarono non isfuggì, che il problema di mettere un ponte levatoio in equilibrio per ogni sua posizione, e di renderne per conseguenza il maneggio così facile quanto fosse possibile, si riduceva sempre a fare decrescere il momento del contrappeso, secondo la stessa legge, che segue la diminuzione del momento del palco a seconda che il medesimo s'innalza girando intorno ai suoi cardini, e che una legge analoga si conservi nell'abbassamento. Il decrescimento del contrappeso poteva prodursi con modi diversi, sia col fare variare nel tempo stesso il contrappeso relativamente alla resistenza, ed il suo braccio di leva ; sia facendo solamente variare il braccio di leva di un contrappeso costante ; o facendo variare il contrappeso solamente, restando costante il braccio di leva. Ognuno si è appigliato a quell'espediente che gli sembrava più convenire alle condizioni generali sopra fermate, e noi per adempiere all'obbligo contratto cerchere-

mo di farne una rapida esposizione accompagnata da qualche nostro pensamento.

PONTE ALLA DELILE.

Il capitano del Genio Delile verso la fine del 1811 rivolse la
sua attenzione intorno ai notati difetti del ponte a curve immaginato dal Belidor. Affine di rendere più facile e più uniforme
l'applicazione della forza motrice, propose di unire i cilindri dei
contrappesi, e così obbligarli a muoversi nel modo stesso per
mezzo di un asse comune di ferro o di legno. Sopra l'asse verso
i laterali dell'androne vi poneva due pulegge a gola angolare e
profonda disposta con piccole intaccature e con punte di ferro,
e propria a ricevere le catene senza fine, alle quali la forza motrice degli uomini applicata imprimeva il movimento e con esse
ai cilindri del contrappeso, obbligati con tal mezzo a rotolare lungo le curve. Non v'ha dubbio che una tale modificazione toglieva
i difetti al ponte di Belidor per quanto ha relazione all'esercizio
della forza motrice; ma non si rimediava al disquilibrio indotto
da altre cause, e specialmente a quello che tiene all'uso delle
catene; una tale considerazione porse all'autore l'occasione di
aguzzare il suo ingegno, affine di combinare le cose in modo da
togliere assolutamente di mezzo un tale sconcerto.

Uni i cilindri del contrappeso al palco per mezzo di spranghe *Tav. 1.ª*
di ferro BC situate da una parte e dall'altra dei pilastri della *fig. 12.*
porta, ed in modo che li traversano per alcuni tagli a modo di
feritoie praticate nella spessezza del muramento. Affine di potere
avvicinare a piacere il punto di concatenazione B della spranga all'asse A dei cardini del palco, esso non fece più uso del
trave trasversale di rinforzo a capo del palco, al quale prima erano
affidati i crocchetti a collo di cicogna, ma in sua vece adoperò
degli ascialoni chiavardati B che abbracciavano i travi longitudi-
nali del palco e fermavano i punti di legamento delle spranghe

*

con esso. Le spranghe poi, come si disse, sostituite alle catene, andavano coll'altra loro estremità ad abbracciare l'asse di ferro trasversale che univa i cilindri del contrappeso, e tirato l'asse in basso, i cilindri rotolavano sopra due curve così tracciate che il sistema restava in equilibrio in tutte le positure.

Le spranghe di ferro che univano i contrappesi al palco, avevano ciascuna una vite di richiamo, che dava il modo di allungarle o accortarle per tenerle sempre di egual lunghezza, e di quanta era necessaria a far poggiare i cilindri giustamente sopra le curve. Così conformato, e vantaggiato l'ingegno del ponte, fu usato con buoni risultamenti in varie piazze da guerra, come a Dunkerque, Lilla, Brest, Strasburgo, ec.

Rimane a far conoscere la curva che deve percorrere il centro di gravità del cilindro del contrappeso, perchè il sistema resti in equilibrio in tutte le positure, e coll'ajuto dell'analisi e dei principii di meccanica cercheremo di farlo nel modo più conciso.

Tav. 2.ª fig. 6. Si ritengano i seguenti simboli:

$P =$ peso del palco che opera nel punto del legamento M.

$Q =$ contrappeso riunito nel punto M'.

$l =$ lunghezza della spranga MM' che fa le veci di catena.

$a =$ lunghezza del palco CA.

Si tenga l'orizzontale CA come asse delle ascisse, e la verticale CD come asse delle ordinate; chiamiamo x ed y le coordinate del punto M, ed x' ed y' le coordinate del punto M' della curva di cui si vuole conoscere l'equazione.

Si può ridurre la quistione alla considerazione di due punti materiali M' ed M, sottoposti alle forze verticali Q e P, uniti da una spranga rigida MM', e costretti a muoversi il primo sopra la curva che si cerca ed il secondo lungo la convessità del cerchio AMD.

Pel principio delle velocità virtuali, si avrà

$$Q \times dy' + P \times dy = o$$

$$dy' = -\frac{P}{Q} dy$$

ed integrando, e chiamando al solito ω il rapporto di $\dfrac{P}{Q}$, avremo

$$y' = -\omega y + C \ldots \ldots (A)$$

Per determinare la costante C si osserva che all'origine del movimento, quando il palco è orizzontale, si ha $y = o$, ed allora il contrappeso è al vertice della curva, il quale punto può essere precedentemente determinato. Sia h l'altezza di un tal punto sopra al piano del palco, l'equazione (A) diverrà

$$y' = h - \omega y \ldots \ldots \ldots (1)$$

Le condizioni della rigidezza ed inestensibilità della spranga, e quella di doversi essa appoggiare sopra le due curve, delle quali una è sempre circolare, restano espresse dalle equazioni

$$l^2 = (y' - y)^2 + (x' - x)^2 \ldots \ldots (2)$$

$$x^2 + y^2 = a^2 \ldots \ldots \ldots \ldots (3)$$

Si potrà eliminare x ed y nelle combinazioni dell'equazioni (1), (2) e (3), e si avrà in ultimo

$$l^2 = \left[y' - \frac{1}{\omega}\left(h - y' \right) \right]^2 + \left[x' - \sqrt{ a^2 - \frac{1}{\omega^2}\left(h - y' \right)^2 } \right]^2$$

E da ultimo isolando il valore di x', si avrà

$$x' = \sqrt{ a^2 - \frac{1}{\omega^2}\left(h - y' \right)^2 } \pm \sqrt{ l^2 - \left[y' - \frac{1}{\omega}\left(h - y' \right) \right]^2 }$$

equazione di quarto grado per la quale si potrà ottenere la curva per assegnazione di punti.

Sebbene la notata equazione dia il modo, e senza seria difficoltà, di delineare la curva dei contrappesi per assegnazione di punti, pure si desiderava un procedimento puramente meccanico per segnare la medesima, e lo dobbiamo al colonnello del Genio in Francia Costantin che lo ha suggerito. Richiamiamo le considerazioni analitiche sopra esposte per valutare un tale utile ritrovamento.

Dall'equazione (1)

$$y' = h - \omega y$$

si ha

$$y' + \omega y = h$$

ossia

$$\frac{Qy' + Py}{Q} = h.$$

38

Ma pur si ha

$$Qy' + Py = (P+Q)Y$$

dinotando con Y la distanza del centro di gravità del sistema dal-l'asse orizzontale.

Dunque $\dfrac{(P+Q)Y}{Q} = h$

ed $Y = \dfrac{hQ}{P+Q}$.

L'espressione $\dfrac{hQ}{P+Q}$ ci fa conoscere la distanza costante che il centro comune di gravità del sistema serba dal piano del palco ; in modo che se P fosse uguale a Q, la detta distanza sarebbe eguale ad $\dfrac{h}{2}$, cioè eguale alla metà dell'altezza dell'origine della curva sopra lo stesso piano ; ed in questo caso è facile intendere come la curva del contrappeso possa delinearsi pel movimento di una linea retta della lunghezza della verga rigida , un'estremità della quale è obbligata a percorrere l'arco circolare, mentre che il punto medio di questa stessa retta deve muoversi sopra un'orizzontale condotta pel mezzo dell'altezza dell'origine della curva dal palco. Difatti si prenda una squadra zoppa ABC formata da due regoli o liste di legno AB e BC, unite nel punto B da uno asse o chiodo in modo che possano liberamente rotare intorno ad esso. Sopra il piano di una tavoletta sia fissato l'altro estremo A del regolo BA , il quale potrà ancora girare intorno allo stesso punto A ; un tal punto rappresenta quello ov'è applicata l'estremità dell'asse di rotazione del palco in uno degli stipiti della porta, e lo stesso regolo AB dinota la linea che dall'asse dei cardini del palco va al suo punto di legamento con la verga. Il regolo BC sta in vece della verga rigida che unisce il contrappeso col palco. Nel punto O ove viene disegnato il centro comune di gravità del sistema, si trova un altro stiletto a guisa di chiodo , obbligato nel suo movimento, mercè apposito canaletto, a seguire la direzione di una riga ben diritta KL invariabilmente fissata sul piano stesso di quella tavoletta ove si allogò il punto A. La riga KL segna l'orizzontale, sulla quale, come nella teoria abbiamo detto, dovrà trovarsi sempre il centro comune di gravità del sistema: Si lega in fine una punta a tracciare nell'estremità C ove star dovrebbe l'asse del cilindro del contrappeso, ed è chiaro che facendo muovere la squadra zoppa ABC in modo che il chiodo cammini nel canaletto KL, la punta C segnerà la curva che si chiede, purchè frattanto la positura e le distanze delle varie parti sieno state convenientemente determinate.

PONTE SENZA CURVE DI BERGÉRE.

La proprietà che ha il punto O della barra BC nel ponte alla Delile di stare costantemente sopra una retta orizzontale KL, ha suggerito a Bergére tenente colonnello del Genio di Francia l'idea ingegnosa di sopprimere interamente le curve, obbligando direttamente il punto O a descrivere l'orizzontale KL. Per ciò in tal punto fissa due rotelle, l'asse delle quali traversa la barra, e si muovono esse sopra una lista di ferro MN orizzontale, a misura che si alza o si abbassa il contrappeso verso il suolo, o che si tira o si spinge orizzontalmente l'asse delle rotelle per elevare o abbassare il palco del ponte.

Tav. 1.ᵃ fig. 13.

Non v'ha dubbio che la detta disposizione è di una semplicità notevole, e tanto più che essa può essere con vantaggio adoperata nelle opere esteriori di una piazza, come se ne fece l'esperimento nel 1825 in quelle della piazza di Mons nel Belgio. Il signor Poncelet ha resa la congegnazione del Bergére più acconcia a tal uso, ed a quello per le opere di fortificazione passeggiera, come lo notiamo qui appresso.

PONTE A RUOTE.

La differenza essenziale tra la disposizione della figura 13 e quella della figura 14 della tavola 1.ᵃ, consiste in ciò, che la ruota la quale guida il punto O nel movimento orizzontale è

Tav. 1.ᵃ fig. 14.

molto più grande nella figura 14 , e si muove sopra un masso di fabbrica guarnito di liste di ferro , che forma risalto sul pavimento del passaggio , come tutto è chiaramente mostrato dalla pianta e dall'alzato della suddetta figura.

PONTE A SPIRALE DI DERCHÈ.

Tav. 1.ª
fig. 15.

Il capitano del Genio Derchè (1) ha eseguito nel 1810 e nel 1812 a Osopo ed a Palmanova un ponte levatoio molto ingegnoso , il cui principio consiste in ciò , che il contrappeso Q che fa equilibrio al palco è costante , ed è sospeso per mezzo di una catena all'estremità di una curva spirale *abcd* posta sopra un asse orizzontale EF di legno o di ferro , il movimento del quale è legato a quello del palco AB per mezzo di un'altra catena BCD, che dopo esser passata per una prima troclea C fissata nel pilastro della porta , va in ultimo ad arrotolarsi intorno ad un'altra grande puleggia , anch'essa fissata sopra l'albero EF della spirale. Il solito tamburo HH' a gola angolare e profonda posto sopra lo stesso albero riceve la catena senza fine che serve a dare il movimento al palco.

Dopo questa sommaria descrizione facilmente s'intende che l'oggetto della spirale è di fare variare il braccio di leva del contrappeso Q in modo che questo faccia costantemente equilibrio al peso del palco nelle sue varie posizioni.

Per non menar per le lunghe il leggitore più che non conviene alla brevità del nostro dettato, non è nostro pensiero di entrare nei particolari che il chiaro Derchè intorno al suo ponte dottamente espose nella sua dissertazione premiata dal Comitato

---

(1) *Questo distinto uffiziale del Genio morì a Tarbes nel 1813 nel ritorno di una missione in Ispagna , che gli era stata data dal principe Eugenio Vicerè d'Italia , del quale Derchè era Ajutante di campo.*

centrale del Genio in Francia sin dal 1822. Non pertanto ci crediamo nell'obbligo di toccare brevemente dei principî teoretici di siffatto congegnamento, affine di valutare meglio le condizioni, e togliere d'impaccio qualcuno a cui riuscisse difficile avere la scrittura del dotto autore.

Sia menata dal centro di rotazione A dei cardini l'orizzontale *Tav. 2.* AP, e sia abbassata dallo stesso centro la perpendicolare AK *fig. 8.* sulla direzione CB della catena esterna. P dinoti il peso del palco, t la tensione della catena che tiene in equilibrio il peso P per l'azione del contrappeso Q; si avrà per la teoria dei momenti

$$P \times AP = t \times AK; \quad \text{da cui} \quad t = \frac{AP}{AK} \times P$$

Or questa tensione adopera la sua azione sulla circonferenza del tamburo LMD commesso coll'albero E, e perciò il suo momento verrà espresso da $t \times R$, in cui R segna il raggio costante del tamburo. Se r si prende per simbolo del raggio Ea della spirale *abcd*, o per meglio dire del braccio di leva orizzontale del peso Q, che gravita sulla spirale, e ciò relativamente alla posizione AB del palco, sarà chiara l'equazione

$$Q . r = \frac{AP}{AK} . R . P$$

da cui

$$r = \frac{AP}{AK} . \frac{P}{Q} . R , \ldots \ldots (1)$$

per mezzo della quale si potrà facilmente descrivere la spirale; ma diverrà più agevole tale operazione se la notata espressione si metta sotto altra forma.

Difatti consideriamo (ipotesi è questa che non induce a sensibile errore nella pratica, ed è ricevuta nelle considerazioni teoretiche per le altre specie di ponte) la troclea C piccolissima come punto, la catena come linea, il palco come piano matematico. Supponiamo dippiù che la stessa troclea sia situata in un punto qualunque della verticale che passa per l'asse dei cardini;

sia segnata con *a* la lunghezza del palco , con *l* la lunghezza
della catena BC, con *e* l'altezza AC della girella sopra l'asse de' cardini , e con *d* la distanza AG dello stesso asse dal centro di gravità del palco. Si conduca in ultimo dal punto B la linea BR
perpendicolare ad AC. Per la somiglianza dei triangoli RBC , AKC,
ed ABR , AGP, si avranno le due equazioni

$$BR \times AC = BC \times AK$$
$$BR \times AG = AB \times AP$$

da cui $\quad AK = \dfrac{BR \times AC}{BC} \quad$ ed $\quad AP = \dfrac{BR \times AG}{AB}$

e perciò $\quad \dfrac{AP}{AK} = \dfrac{AG \times BC}{AB \times AC} = \dfrac{dl}{ae}$

il quale valore sostituito nell'equazione (1) , ci darà

$$r = \frac{Pdl}{Qae} \times R \ldots \ldots (2)$$

La quantità R dell'equazione (2) è costante in tutte le posizioni
del palco , e può essere assoggettata ad adempiere speciali condizioni del problema. Così il suo valore potrà essere tale che il rivolgimento della catena del palco si faccia in un sol giro della
ruota circolare , il che mena alla spirale di forma piana.

Le quantità P e Q della stessa equazione (2) sono pure costanti per tutte le positure del palco , la prima data dalle condizioni del luogo e della difesa , ed anche il contrappeso Q sarà
determinato , che abbia il minimo possibile valore per le spirali
inscrittibili nella circonferenza della ruota circolare. Posto ciò per
le diverse positure del palco , sarà

$$r : r' = \frac{Pdl}{Qae} \times R : \frac{Pdl'}{Qae} \times R = l : l'$$

Da ciò deducesi che i raggi vettori sono proporzionali alla lunghezza della catena esterna , e perciò anche il loro decremento
deve seguire l'accortamento della stessa catena , ossia seguirà la
ragione degli archi corrispondenti alle catene ravvolto nel tamburo circolare DLM. Or la spirale , della quale il famoso geometra Archimede scovrì le principali proprietà , è quella ap-

punto che puossi intendere generata da un raggio AB che gira in-
torno al centro A , mentre un punto partito da questo centro cam-
mina sul raggio in modo che il rapporto di AB alla linea retta
percorsa dal punto sia costantemente lo stesso che quello della
circonferenza all'arco percorso nello stesso tempo dall'estremità B del
raggio; sicchè è d'uopo conchiudere che l'estremità de'raggi vettori
r , r', ec. appartengono realmente ad una spirale d'Archimede.

Tav. 2
fig. 9

Descritta la spirale d'Archimede , e condotti dal centro quanti raggi vettori si vogliano tra loro vicinissimi , se agli estremi di questi si eleveranno le perpendicolari , si avrà nell'inviluppo di tutte queste perpendicolari la spirale del Derché. Così (*fig. 10 Tav. 2.ª*) le perpendicolari ab , cd , ef , pq , ec. elevate agli estremi de'raggi vettori Aa , Ac , Ae , ap , ec. daranno nei loro intersecamenti successivi m , n , o , ec. tanti punti , mediante i quali si potrà graficamente segnare la curva del Derché, che toccherà tutte le perpendicolari notate , le quali rappresentano le varie direzioni della catena aQ (*fig. 8. Tav. 2.ª*) del contrappeso Q in relazione all'asse E del verricello.

Del rimanente, dopo le cose dette , ognun potrà intendere che neppur difficile riuscirebbe lo scioglimento della quistione, quando si volessero ridurre al generale le condizioni di essa , come di considerare nella troclea il raggio di grandezza finita , di supporla in un punto fuori della verticale che passa per l'asse dei cardini , di dare alla catena la dovuta grossezza , e similmente al palco , condizioni tutte che sono state con molta perspicacia scrutinate nella dissertazione dell'autore innanzi ricordata.

Lo stesso autore valuta la forza necessaria per maneggiare un paleo di 4 metri del peso di 2500 chilogrammi, e trova i resultamenti che ci piace qui sotto notare :

Contrappeso senza aver riguardo all'attrito . . . . 1767^{ch},766

Peso che si deve aggiungere per superare l'attrito . .   50^{ch},1446

Resistenza che deriva dal peso delle catene esterne
ed interne. . . . . 55^{ch},206

44

Donde la forza necessaria al maneggio del palco è di 105^{ch.},35.
Due uomini di forza ordinaria, col sospendersi alle catene di maneggio , ed operando col proprio peso , potranno produrre il movimento che si vuole.

Sono per appoggio dei resultamenti teoretici i verbali dell'espe-
rienze praticate in Osopo di tre ponti alla Derchè. Il primo del
peso di 2000^{ch.} , e di $4^m,5o$ di lunghezza si maneggiava da due
uomini. Gli altri due di 600 a 700 chilogrammi si maneggiavano
da un sol uomo , adoprandovi una sola mano.

La spesa del ponte di 2500^{ch.}, in cui le spirali , le ruote e
l'albero del verricello si facessero di legno, somma a franchi 600;
qualora le suddette parti fossero di ferro lavorato alla fucina , si
avrà la spesa in tutto di 1500 franchi.

PONTE CON CURVE D'EQUILIBRIO SUL PALCO.

Il sistema da ultimo indicato fece ideare il progetto di un ponte
levatoio a catene ed a contrappeso costánte con curve d'equilibrio fermate sul palco. Ed in effetti nel sistema di Derchè si fa
variare , per ciascuna posizione del palco, il braccio di leva del
contrappeso Q , mentre in quello ehe imprendiamo ad esporre si
lascia costante il braceio di leva del contrappeso, e si fa variare
soltanto in una conveniente relazione quello delle catene esterne,
il che sembra dover apportáre notevole semplificazione al maneggio di un ponte levatoio.

av. 1.ª
fig. 16. La catena CDE che sostiene il ponte passa sopra una prima
girella D fissata nel pilastro della porta , poi sopra una seconda
girella E situata in dentro e posta su dell'albero di *manovra* ,
o vogliam dire su di un asse orizzontale di legno o di ferro come
ne'ponti sopra descritti. All'estremità F di questa catena pende
immediatamente il contrappeso Q che serve a mantenere in equilibrio il palco del ponte ; come però un tal contrappeso dev'essere costante, si fa variare la direzione della catena esterna me-

diante una piccola curva *ab*C formata da una lamina di ferro, sostenuta per mezzo di staffi, o per un sistema di cinte e controcinte adattato ai travetti laterali del ponte. Una tale curva sarà inviluppata nella sua parte convessa dalla catena *ab*cD, che avrà un punto di legamento fisso col piano del palco (*). L'indole

---

(*) *L'ingegnoso nostro compagno d'armi capitano Piccirilli in data de'10 dicembre 1837 presentò al Consiglio generale delle Fortificazioni un suo progetto intorno alla costruzione di un nuovo ponte levatoio per piazze di guerra. Noi crediamo di dare un segno della stima in cui teniamo il ridetto offiziale coll'accennare il congegnamento da lui ideato, lasciandogli la soddisfazione di divulgare il primo i particolari sì della teoria che della costruzione, quando gli parrà che il suo lavoro abbia toccato quel grado di perfezione, ch' egli è solito dare a tutte le sue produzioni.*

Rappresenti af *la sezione di un tavoliere di un ponte mobile fatta da un piano verticale e normale all'asse di rotazione projettato in* a, *rappresenti* htga *la sezione dello stipite della porta innanzi alla quale il ponte è applicato: supponiamo* af=ah *ed* ht *una grossezza qualunque da darsi allo stipite. Siavi in* t *una carrucola piccolissima, e siavi in* c *sulla orizzontale passante per* t *un perno intorno a cui gira una barra* ct *uguale in lunghezza ad* af; *una catena sia legata con un capo in* f *estremo del tavoliere, e coll'altro all'estremo della barra dopo essere passata per la gola della carrucola. Si suppone che una metà del peso del tavoliere sia riunita sulla* fa, *mentre l'altra metà dovrà figurare su di un' altra consimile sezione nel lato opposto della porta. La barra* tc *si gravi di un peso atto a fare equilibrio a quello supposto sulla* fa, *mentre ritrovasi nella posizione orizzontale. A simiglianza del ponte a doppia porta, se si dà moto alla macchina, l'equilibrio sarà distrutto, e ne nascerà un movimento accelerato, che farà ur-*

Tav. 2 fig. 11.

della curva e la sua descrizione è determinata dalla condizione

tare con fracasso la af contro la ha, e vi occorrerà una forza suppletoria considerabile per fare ritornare nuovamente la detta af nella sua posizione orizzontale: ma se nell' effettuarsi il primo movimento, si potesse trovare un mezzo come farlo passare dopo un certo spazio da accelerato a ritardato, talmente però che la velocità acquistata col movimento accelerato si perda nel movimento ritardato finchè af acquisti la posizione verticale ah, sarà risoluto, conchiude l' autore, il problema.

Il peso di cui si suppone gravata la af può considerarsi suddiviso metà in f, metà in a, e prescindendo dagli attriti, ed altre forze passive, quello in f è il solo che conviene considerare nella macchina: allo stesso modo il peso di cui la barra è gravata, si considera riunito nel suo estremo t, ov' è attaccata la catena: si avrà in tal modo semplificata la macchina per meglio assoggettarla alla teoria. Si considerano in fine due corpi, uno de' quali notasi con p che sarà costretto a restare continuamente sul quadrante di cerchio fh, il cui raggio è af; e l'altro q sarà obbligato a scorrere sull'altro quadrante ts, il cui raggio tc si fa uguale ad af.

Ciò premesso, ecco come egli la discorre.

Sia af una barra rigida priva di gravità e mobile intorno ad un asse a, all'estremo f sia affidato il peso p, ed il capo di una corda ft che va a passare per la gola di una carrucola piccolissima posta in t: termini questa corda all' estremo di un'altra barra simile alla prima, ed anche mobile intorno al suo asse sito nella stessa orizzontale che passa per t ed h: giri la af fino a che arrivi nella posizione verticale ah, e preso su di essa un punto qualunque m'', si unisca con t mediante la retta m''t. Dalla af si tagli la fm = m''h, dalla ft si tagli la fo = ht, col centro m, intervallo m''t, si descriva un arco di cerchio, il quale incontri in o' la ft: se una corda uguale ad che il momento (Q $\times$ AK), cioè il contrappeso moltiplicato per

---

m''t *si leghi con un capo in* m *e coll' altro in* o', *è manifesto che nella posizione orizzontale della barra* af *le due porzioni di corda* fo',mo' *faranno con la* fm *un triangolo; ma se la* af *si muove intorno al punto* a *tirata da un peso* q *legato all' estremo* t *della* tc *, siccome l' angolo* aft *si va ingrandendo, non potrà più la* mo' *essere la base del ripetuto triangolo, ma tenderà a mettersi in linea retta con la* o't *, e nelle successive posizioni della barra la* fo' *non rimarrà più tesa, e lo sarà solamente la* mo' *e l' altra parte della* ft *posta tra il punto* o' *e la carrucola* t. *Che se poi la stessa porzione di corda uguale ad* m''t*, in luogo di terminare coi suoi capi in* m *ed in* o'*, venisse a congiungersi con* m *e con* o*, non risentirà veruna tensione da' pesi* p e q *se non quando la* af *sarà arrivata in* ah : *ma se restando con uno dei suoi capi in* m*, l' altro si leghi ad un punto qualunque* n *intermedio tra quelli* o , o'*, la tensione cui andrà soggetta nel movimento della* af *si manifesterà prima che questa arrivi in* ah*, e tanto prima per quanto* n *si accosta ad* o'. *Ciò che abbiamo detto del punto* m'' *ed* m *possiamo ripeterlo per qualunque altro della barra; sia però* m *il trascelto sulla* fa*, ed* n *sulla* ft; *è chiaro che, nella posizione verticale della barra,* n *sarà in* t, *e che della corda* ft *la sola porzione* tn *sarà passata dall' altra parte della carrucola, non già tutta la* ot, *come succederebbe nel caso che la catena sussidiaria* mn *non istesse per lo mezzo. Se vogliamo adunque che le due barre, stante la catena sussidiaria* mn, *risultino entrambe verticali ad un tempo, è necessario che quando la* af *è orizzontale, sia la corda* ft *aumentata di altra porzione* td, *talché risulti* tn$+$td$=$ts. *Sia tanto la* ftd, *e siavi altra corda uguale ad* m''t *legata ai punti* m *ed* n : *si gravi la barra* cd *del peso* q *atta a tenere* p *nello stato di equilibrio, e poi con una spinta si faccia muovere all' ingiù: l' e-*

la perpendicolare alla direzione della catena dal centro di rota-

quilibrio sarà distrutto, ed in conseguenza p salirà e q discenderà con velocità sempre crescente. Sieno arrivati p in h' e q in d', e sia questa la posizione in cui la tensione si manifesta sulla catena suppletoria legata nei punti mn; il punto n invece di trovarsi in n'', starà in n', ed il peso p in luogo di esercitare la sua efficacia sulla h't, la dirigerà contro la m't, e come è ben chiaro con maggiore energia, la quale sarà tanto maggiore per quanto m più si accosterà ad a. Possiamo in conseguenza accostarlo in modo da far risultare tutte le successive tensioni prodotte dal peso p maggiori delle correlative causate da q: allora il movimento della macchina da accelerato che era nel principio, diverrà ritardato, e se la velocità acquistata dal primo verrà distrutta dal secondo fino a che p arrivi in h, ne succederà la quiete.

Supponiamo per poco essersi ciò conseguito, e che si dia un impulso a q in direzione contraria a quello datogli in addietro, ne deriverà un movimento discendente per p ed ascendente per q, accelerato da prima e ritardato in poi, che li farà ritornare in f, ed in d.

Abbiamo creduto di allogare qui un tal cenno, poichè ci sembra che il congegnamento del ponte descritto nel testo con curve sul palco poggi sullo stesso principio adottato dal capitano Piccirilli di far variare le perpendicolari abbassate dal centro di rotazione del palco sulle varie direzioni delle catene esterne a misura che il palco si eleva: i due sistemi differiscono essenzialmente nell' applicazione di tal principio, poichè il primo va in cerca del costante equilibrio, ed il secondo vuole stabilire una specie di compensazione di moto in varî punti dell' innalzamento e della discesa, al quale scopo ancora tendeva, come abbiamo visto di sopra, il sistema del signor Dobenheim.

zione del palco, sia senza interruzione eguale al momento $(P \times AG)$, cioè al peso del palco moltiplicato per la perpendicolare che dallo stesso centro di rotazione cade sulla direzione del peso.

Con tale equazione si avrà il braccio di leva del contrappeso rispetto a ciascheduna posizione del palco, e potransi dedurre le direzioni successive che dee prendere la parte rettilinea CD della catena comparativamente alla linea orizzontale che passa pel centro di rotazione : le quali direzioni nel loro generale inviluppo danno precisamente la curva dimandata.

PONTI CON CONTRAPPESI VARIABILI
DETTO *ALLA PONCELET.*

Il tenente colonnello del Genio, Bergère, fu il primo al quale venne in mente di far variare l'intensità del contrappeso in ragion delle tensioni delle catene nelle diverse positure del palco di un ponte levatojo ; volendo cioè che la potenza agisse costantemente nella stessa direzione e con lo stesso braccio di leva, e solo diminuisse la sua intensità a misura che il palco si fosse innalzato. Deduceva da semplice e spedito calcolo che la potenza nelle diverse posizioni del palco doveva diminuire proporzionatamente alla differenza delle lunghezze della catena esterna corrispondente alle positure successive del palco, e come il contrappeso si abbassava nel movimento di un'altezza eguale a questa differenza, ne deduceva che se il medesimo fosse nn prisma di un'altezza eguale alla lunghezza della catena esterna nel principio del movimento, e d'una gravità specifica eguale a quella

---

*Però a chi volesse più minutamente essere istrutto de' particolari.e della teoria e della costruzione del ponte ideato dal capitano Piccirilli, ci gode l'animo poter annunciare che finiva appena di stamparsi il precedente foglio di questo Discorso quando nel vol. VI dell'*Antologia Militare *ci venne fatto di leggere il lavoro dell' accennato nostro compagno.*

4

dell' acqua , e che la base inferiore di questo prisma toccasse la superficie dell' acqua di un serbatojo ov' esso potesse essere interamente immerso , il peso relativo dello stesso prisma, diminuendo successivamente e proporzionatamente nell' atto dell' immersione, avrebbe fatto senza dubbio equilibrio al palco nelle diverse sue posizioni. Non sapeva negare da ultimo che per quanto semplice fosse una tale idea , pure la sua applicazione sarebbe stata difficile nella pratica.

Il signor Poncelet distinto Uffiziale del Genio in Francia, e chiaro per le sue opere intorno alla meccanica applicata alle macchine, prese in suo dominio l'idea del Bergère, e riuscì a darle la dovuta perfezione per passare alla pratica , immaginando il sistema del quale crediamo cosa utilissima qui dare sommaria contezza.

Tav. 1.ª fig. 17. Il signor Poncelet all' opposta estremità della catena BCDE che sostiene il palco, e che passa sopra le due girelle C,D , pone legata un' altra catena FGHK , il peso della quale , molto maggiore della prima, è destinato a fare equilibrio a quello del palco. S' intenda che detta seconda catena pieghevole in un modo qualunque, e sospesa verticalmente nel punto F , sia ripiegata verso basso in modo da presentare un secondo braccio HK , la cui estremità superiore K sia essa stessa fissata ad un beccatello di ferro , impiombato nel pilastro del passaggio della porta quanto più si possa vicino al ramo FG , senza che per tanto ne risulti impedimento al muover della catena. È chiaro dopo la data disposizione , che nell' abbassarsi il punto F della catena per l'elevazione del palco , una parte di FG si piegherà lungo la H'K di una quantità presso a poco uguale alla metà dell'altezza dalla quale sarà passata sopra la girella ; ed è chiaro del pari che in proporzione diminuirà il contrappeso che agiva nel punto E. Se si daranno dunque a ciascuna parte della catena del contrappeso tali dimensioni che le successive diminuzioni del peso, di cui trattasi , sieno in ciascuno istante esattamente eguali a quelle diminuzioni che soffre la tensione della catena esterna che tira il palco, sarà facile intendere che l'equilibrio resterà assicurato per tutte le posizioni, e che alla potenza resterà solamente di vincere l'attrito.

Tav. 1
fig. 18, 1
20, 21.

Per dare alla catena che serve di contrappeso la gravità che l'è necessaria, senza nuocere alla facilità del movimento, si è giudicato a proposito di comporla di mattarozza o piastre di getto, soprapposte in più file, interpolate da una fila all'altra, e legate tra loro con cavicchio di ferro, come si pratica per le catene degli oriuoli. Ogni piastra dev'essere terminata da una parte e dall'altra da un semicerchio, il di cui centro è traversato da chiavarda. La situazione delle piastre, la loro grossezza, ed altre considerazioni che si riferiscono all'effettiva costruzione, potranno vedersi nelle figure 18 19 e 20 che si riportano nella tavola 1.ª

Il ponte levatojo, del quale abbiam dato un'idea, è stato eseguito da principio nel 1821 dal detto signor Poncelet ad una delle porte della piazza di Metz. Di poi nel 1823 alla porta della cittadella di Verdun dal colonnello del Genio Thiebault. Indi successivamente nelle piazze di Strasburgo, di Belfort, di Toul, di Sedal, ed anche in altro sito della stessa Metz. Da per tutto, secondo il *Memoriale del Genio*, gl'ingegneri sono rimasti soddisfatti dei risultamenti. Il ponte levatojo della cittadella di Verdun costrutto nel 1823 dal colonnello del Genio Thiebault poteva essere facilmente maneggiato da un sol uomo, comechè il suo palco avesse 4ᵐ,50 di lunghezza e pesasse al di là dei 3000 chilogrammi.

Secondo il calcolo del signor Laisné nel suo *Memoriale ad uso degli uffiziali del Genio* (edizione del 1837), il palco di un ponte levatojo di dimensioni ordinarie costa circa 1500 a 1800 franchi, e la spesa del congegnamento pel maneggio alla Poncelet, somma da 3500 a 4000 franchi, tutto compreso, cioè ruote, catene, pulegge, piastre, ec. ec.

Ci viene notizia nel momento di dare alle stampe questo foglio che, con lo stesso principio di far diminuire successivamente e proporzionatamente all'elevazione del palco il contrappeso, sia stato immaginato e costrutto con felice riuscita a Grénoble un altro congegnamento di ponte levatojo. Esso consisterebbe nel formare il contrappeso con tanti dischi di piccola spessezza, e di vario diametro in modo che infilzati tutti pel loro centro in una spranga, venissero a formare nell'insieme la figura come di un cono tronco rovesciato. A misura che il palco si alza, i contrappesi scendono in un pozzo configurato in modo da trattenere un dopo l'altro i pezzi divisi, e così si mantiene l'equilibrio. Ci dispiace di non poter dare i particolari di questo artificio, poichè non ci è riuscito fino ad ora di poterli avere con esattezza.

PONTE A PENDOLO.

Il tenente colonnello del Genio, Burel, ha fatto conoscere al *Comitato del Genio* in Francia una sua idea relativa a' ponti levatoi, ed il rispettabile Consesso nella sua tornata de' 13 dicembre 1831, avendo conchiuso *che l'ideato ponte era atto ad essere adoperato in più occasioni, e che il suo meccanismo era commendevole per grande semplicità e facilità di esecuzione*, ci siam creduti nell'obbligo di farne menzione nel presente òpuscolo.

Tav. 2.ª
fig. 12.   A dritta ed a sinistra del passaggio sono sospese due travi, che Burel chiama *pendoli*, riuniti nella parte superiore ad un'asse orizzontale girevole intorno a due cardini in modo che i movimenti de' due pendoli riescono uniti e contemporanei; la figura 12 mostra questo congegnamento, e si osserva in MN il pendolo di sinistra nella situazione orizzontale, e pronto ad esercitare la sua azione nella metà del palco AB cui ha relazione. Si valuta il palco pel peso di 2500 chilogrammi. Un quarto di cerchio di legno CD è unito e fermato con chiavarde al pendolo NM; un altro ugual quarto di cerchio EF è unito al palco AB, e la stessa disposizione s'intende fatta nella parte di dritta del

passaggio. Ai pezzi curvi del quadrante si dà la forma di col o
di cigno, e sono incavati nella periferia a guisa di gola di puleggia, come può vedersi nella figura 13 della stessa Tavola 2.ª   *Tav. 2.*
e renduti inflessibili con traverse nello stesso piano verticale ove i   *fig. 13.*
due quadranti di ciascun lato del ponte debbono sempre trovarsi.
Nell'alzarsi o abbassarsi del paleo, il quadrante inferiore EF   *Tav. 2*
passa per una fessura da' fianchi alla porta, ed il quadrante supe-   *fig. 12.*
riore DC si muove radendo il muro laterale del passaggio. Due
catene Cx,FEy avviluppano le periferie de' quarti di cerchio, e
sono unite nelle due estremità x,y da una verga di ferro xy,
inclinata o orizzontale a seconda dell'altezza che si dà al centro
di rotazione $\dot{N}$ del pendolo NM. La verga xy si allunga o ac-
corcia leggermente mercè di un cuneo V, affin di dare al sistema quella precisione che si desidera. In fine due rotelle z,z,
fermate con ramponi a ciascun piediritto del passaggio, provvedo-
no perchè non succeda ondeggiamento nel moto del ponte.

Il pendolo MN porta nella sua estremità un masso mobile di
pietra di taglio M di circa 500 chilogrammi, che si può avvicinare o allontanare a volontà dal centro di rotazione N, affine di
poter dare al pendolo stesso un momento di statica uguale a quello
del palco quando si commette il sistema, o di poterglielo ridonare
laddove per l'umidità del palco o per altra cagione fosse mestieri
una temporanea correzione.

Intanto per aver sempre uguali questi momenti, cioè perchè
vi sia sempre equilibrio tra la potenza ed il palco che fa da resistenza nel movimento del ponte, converrà fissare tal equilibrio
per una delle positure del palco; per esempio, per quella ove
il palco ed il pendolo sono ambedue orizzontali; la qual cosa potrà ottenersi, come si è detto, avvicinando più o meno la massa
M al suo centro di movimento N, e tenendola poi ferma nel
nuovo sito per mezzo della caviglia m. Una tale preliminare li-
brazione terrà assicurato l'equilibrio per tutte le posizioni del palco, sino alla verticale, ove farà il palco stesso le veci di porta.

Renderemo ragione di ciò pel seguente raziocinio: Sia

P il peso del palco,

Q il peso del pendolo BM e della massa M,

p il peso del quadrante CD,

a la distanza del centro di gravità G dal centro di rotazione O,

m la distanza del centro di gravità H del quadrante dallo stesso punto O,

b la distanza del centro comune di gravità K dal punto B.

Essendo eguali i due quadranti, quanta catena si svolge dall'uno, tanta se ne avvilupperà all'altro, e i punti D,D', descriveranno archi eguali. Laonde se si consideri il palco in una posizione qualunque oA', e si chiami φ l'angolo $A'oA$, avremo per l'equilibrio

$$Pa\cos\varphi + pm\cos(\alpha+\varphi) = Qb\cos\varphi + pm\cos(\alpha+\varphi) \quad . \quad . \quad . \text{(A)}$$

ovvero

$$Pa = Qb \quad . \quad . \quad . \quad . \quad . \quad . \quad . \quad . \quad . \quad . \quad . \quad . \quad \text{(B)}$$

la quale equazione è indipendente dalla posiziono del palco. Per lo che resta dimostrato, che l'equilibrio stabilito in una posizione (e sia nell'orizzontale), non si altera nelle altre. Ed in

vero, abbiamo esperimentato che se si prendano due leve ab, mn, che abbiano presso a poco la metà delle dimensioni indicate per il ponte levatojo della fig. 12, e si uniscano i due archi cd, ef con una picciola corda xy, tostochè il sistema sia stato posto in equilibrio vi rimarrà nelle successive posizioni delle leve.

Non possiamo intanto dispensarci dall'osservare, che nella pratica in un sistema di grandi dimensioni, difficilmente la costanza dell'equilibrio potrebbe trovarsi; poichè sarebbe primieramente necessario che i due quadranti EF, DC avessero l'istesso peso, poichè variando il peso non può sparire più nell'equazione (A) il termine $pm\cos(\alpha+\varphi)$, ed essa non potrebbe aver luogo nella variabilità delle posizioni del palco. Dippiù l'equazione (A) può trasmutarsi nell'altra (B), quante volte si prescinde dall'attrito, dal peso e dalla rigidezza delle catene; altrimenti si vedrebbero introdotti nell' equazione (A) de' termini , i quali non avendo per fattore eos φ , la renderebbero dipendente dalla particolare posizione del palco. E sebbene in questo sistema le forze passive non fossero di grande momento , pure non sono da spregiare. Di fatti supponendo come nella figura 12.

Il peso del mezzo palco del Ponte . . . . . . = 1250^{ch.}

Il raggio de' quadranti . . . . = 2^m,60

Il braccio di leva del palco nella posizione orizzontale . . . . = 2^m,50

La distanza orizzontale dei centri di rotazione del pendolo e del palco . . . . = 8^m,70

La distanza verticale de' suddetti centri . . . = 5^m,80

Il raggio dell' asse del palco . . . . = 0^m,04

Il coefficiente dell'attrito de' cardini dell' asse nel suo piano . . . . = 0^m,20

si troverà colle note formole di Meccanica, considerando il sistema nella posizione orizzontale , che il contrappeso necessario all'equilibrio , astrazion fatta dalle forze passive , dovrebbe essere di 696^{ch.} , 7669 , e lo sforzo da esercitarsi affin di vincere l' attrito , la resistenza proveniente dalla pendenza della verga di tiro , e la resistenza dipendente dalla inerzia delle masse in equilibrio si eleverebbe a 24 chilogrammi: e pure nel calcolo non si è tenuto conto dell' effetto risultante dall'avvolgimento delle catene sui quadranti , e si è supposto il peso di un metro di catena eguale a 6 chilogrammi (1).

----

(1) *Il colto secondo tenente del nostro Corpo Reale del Genio, signor Guarinelli , ha immaginato una congegnazione che ha qualche relazione con quella del tenente colonnello Burel: noi attendiamo con ansietà il compimento del suo lavoro per darne contezza al Pubblico.*

PARTE TERZA.

Congegnamento per maneggiare un ponte levatojo giusta l'idea del Tenente del Genio Napoletano Silvestro Corrado

Discerneva il Corrado il meccanismo a curve del Belidor sebbene ingegnoso, presentare in pratica certi inconvenienti pei quali rare volte poteva essere usato, e giudicava poterlo con semplicità ed economia nella sua condizione migliorare.

Tav. 2.ª fig. 16.   Supponi, diceva egli, essere AB il palco nella positura orizzontale, ed il contrappeso M legato alla catena BCM lo tenga in equilibrio, inoltre un secondo ramo di catena applicato sulla parte convessa della curva $CN'N$ sia con un estremo legato allo stesso contrappeso M, e coll'altro fissato al fulcro N in modo che quando il palco prende la posizione AB' il contrappeso passa in M' svolgendo una porzione $M'N'$ del secondo ramo di catena, e quando il palco diventa verticale, il contrappeso va in M'' a gravitare interamente sul fulcro N.

Egli è chiaro, che per ottenersi l'equilibrio del palco col contrappeso nelle varie posizioni, sarebbe d'uopo che il centro di gravità di quest'ultimo descrivesse la sinusoide di Belidor, e perciò la curva $MN'N$ dovrebbe essere la sua evoluta.

Tav. 2.ª fig. 17.   Per la determinazione di siffatta evoluta, si supponga essere AB il palco del ponte, e sia $AB = AC$, sarà BC il raggio dei cerchi generatori dell'epicicloide evolvente, e tagliando $CD = CB$ sarà D il centro del cerchio fisso, e C l'origine di essa.

Allorchè il cerchio mobile è nella posizione EFG: se tagliasi l'arco FE uguale ad FC, sarà E un punto dell'evolvente; e congiunta la retta FE sarà questa la sua normale nel punto E. Facendo lo stesso per le altre posizioni del cerchio mobile, si otterrà una serie di punti dell' epicicloide, e nel tempo medesimo le rispettive normali, le quali con le loro intersecazioni consecutive daranno con assegnazione di punti l'evoluta richiesta.

Si può costruire ancora l'evoluta in quistione indipendentemente dall' evolvente, sulla considerazione, che l'evoluta dell' epicicloide generata da cerchi uguali è un epicicloide simile, i cerchi generatori della quale hanno per raggio la terza parte di quelli della evolvente, ed i cerchi fissi di entrambi hanno lo stesso centro, e le due curve sono situate in verso contrario. (V. Nota 1.ᵃ). Se dunque col centro D ed intervallo $Da = \frac{1}{3} DC$ si descriva il cerchio fisso abc, sarà il cerchio adC l'altro che ruota su di esso, e C il punto che descrive l'evoluta. Per un'altra posizione del cerchio mobile se si taglia l'arco Fe uguale all'arco ab, sarà e un altro punto della curva. Per le altre posizioni si potranno del modo stesso determinare gli altri punti di essa.

Nel caso del ponte levatojo basta descrivere la porzione C_{ef} della evoluta che corrisponde all' arco CEK dell' evolvente determinato dalla corda CK = CB ed il raggio d'osculo KLf sarà parallello all'asse AD, cioè sarà verticale. Ritornando ora al primo metodo grafico per la descrizione dell'evoluta si osservi, che essendo il raggio del cerchio beF la terza parte del cerchio EFG; la corda Fe sarà la terza parte dell'altra FE, e quindi la lunghezza del raggio d'osculo sarà $\frac{4}{3}$ della lunghezza della normale FE compresa fra la curva, ed il cerchio fisso.

D'altronde nel punto K essendo la retta KL = CK = CB, sarà la retta $KLf = \frac{4}{3} CB$; cioè la lunghezza del secondo ramo di catena deve essere $\frac{4}{3}$ parti del primo ramo.

Si potrebbe ancora abbassare il sistema facendo passare la catena BC per un'altra troclea messa in C', e stabilire in questo sito l'origine dell'epicicloide, onde ottenere il vantaggio di potere abbassare l'evoluta CN'N, ed accompagnare il contrappeso in tutto il periodo del maneggio.

Forse con migliore riuscita si può abbassare l'ultimo ramo

Tav.
fig. 11

58

dell' epicicloide CN'N , con fare scendere il punto N più basso
in N'' , e far passare la curva per questo punto come vedesi de-
lineato nella curva CN'N'' , avremo così diminuita l'altezza del-
l'epicicloide, ed alterato quindi l'ultimo ramo dell'evoluta, e per
conseguenza anche quello della sinusoide del Belidor descritta dal
centro di gravità del contrappeso. Per un palco della lunghezza
metri 3,415 cotesta alterazione è insensibile purchè la differenza
NN'' sia di un metro. Di qui si può prendere norma per valutare la NN'' in altri ponti.

Non volendo fare uso di una seconda troclea, si potrebbe afferrare
il palco non dall'estremità B; ma da un altro punto B' più vicino
all'asse A , e così oltre che si guadagna la distanza CC' = BB' ,
l'evoluta diminuisce considerevolmente in lunghezza.

Cambiando il peso del palco nelle differenti stagioni non può
uno stesso contrappeso equilibrarlo ; a questo inconveniente vi si
rimedia facilmente , facendolo di differenti pezzi cilindrici di eguale base , ed uniti insieme mediante una vite, così nei tempi umi-
di, o secchi si può aggiungere o toglier peso proporzionatamente
all'aumento , o diminuzione del peso del tavoliere.

Finalmente perchè il centro di gravità del contrappeso percorra
per quanto più è possibile la sinusoide del Belidor, e per impedire pure le oscillazioni che potrebbero soffrire i contrappesi, sarebbe mestieri mettere in moto questo palco mediante una catena
senza fine come praticava Delile (tav.ª 1.ª fig. 12).

N O T A I.

Rotando il cerchio C sul cerchio O ad esso eguale, è noto che
il punto A descrive una curva conosciuta sotto il nome di epicicloide. Riuscirà utile determinare l'equazione di tale curva con
le seguenti analitiche considerazioni. Si supponga il cerchio mobile in una posizione qualunque C' , preso l'arco A'M eguale ad
A'A , sarà M la posizione del punto descrivente , ovvero di un

punto qualunque della curva : ciò posto si rapporti questo punto ai due assi OX e OY e pongasi

$$OA = r, OQ = x, QM = y, \text{ang}\, COC' = \varphi$$

sarà

$$x = 2r \operatorname{sen} \varphi - r \operatorname{sen} 2\varphi. \ldots \ldots \ldots (1),$$

$$y = 2r \cos \varphi - r \cos 2\varphi. \ldots \ldots \ldots (2),$$

eliminando φ da queste due equazioni, si ottiene

$$(x^2 + y^2 - 3r^2)^2 - 12r^4 + 8r^3 y = 0$$

ch' è l' equazione della curva cercata.

Volendo la curva descritta dal punto B, si dovrebbe portare l' arco AA' da B' in N, e sarebbe N il punto corrispondente della curva, ed è chiaro che chiamandone x, ed y le coordinate, si avrebbe

$$x = 2r \operatorname{sen} \varphi + r \operatorname{sen} 2\varphi. \ldots \ldots \ldots (3),$$

$$y = 2r \cos \varphi + r \cos 2\varphi. \ldots \ldots \ldots (4),$$

dalle quali eliminando φ, risulta

$$(x^2 + y^2 - 3r^2)^2 - 12r^4 - 8r^3 y = 0,$$

che differisce dall' equazione precedentemente trovata pel cambiamento di y in $-y$, onde le due curve che corrispondono a queste due equazioni, sono epicicloidi eguali, ma diversamente disposte come vedesi dalla figura, lo che doveva aspettarsi.

Si passi ora ad esaminare qualche proprietà di queste curve : differenziando le equazioni (1) e (2), si ha

$$dx = \quad 2r (\cos \varphi - \cos 2\varphi)\, d\varphi ;$$

$$dy = - 2r (\operatorname{sen} \varphi - \operatorname{sen} 2\varphi)\, d\varphi ;$$

donde

$$\frac{dy}{dx} = - \frac{\operatorname{sen} \varphi - \operatorname{sen} 2\varphi}{\cos \varphi - \cos 2\varphi} = \cot \tfrac{1}{2} \varphi.$$

Il quale valore essendo indipendente da r, ne segue che in diverse epicicloidi generate da cerchi diversi, nei punti determinati dallo stesso valore dell' angolo φ, e che chiameremo *punti amologhi*, le tangenti sono parallele.

Per mezzo delle equazioni precedenti possiamo trovare un punto nel quale la tangente alla curva sia parallela ad una data retta. Fermiamoci al caso in cui questa retta sia l'asse delle x, o quello delle y, e così verremo a determinare i punti in cui l'ordinata o l'ascissa è un massimo : dovendo essere in questi casi

$$\frac{dy}{dx}=0, \quad \frac{dy}{dx}=\frac{1}{0},$$

si avrà

$$\cot\tfrac{2}{3}\varphi=0, \quad e \quad \cot\tfrac{3}{2}\varphi=\frac{1}{0},$$

ovvero

$$\varphi=\tfrac{1}{3}\pi, \quad e \quad \varphi=\tfrac{2}{3}\pi;$$

dond'è manifesto che preso l'arco AD $=\tfrac{1}{3}\pi r$ cioè la corda AD eguale al raggio, per D passa la curva, e la tangente è parallela all'asse delle x; il punto F poi si determina considerando che il centro del cerchio mobile sia in C'', essendo AA'' $=\tfrac{2}{3}\pi r$.

Dalle equazioni precedenti si avrebbe pure

$$\varphi=\pi, \quad \varphi=\tfrac{\pi}{3}\pi; \quad e \quad \varphi=\tfrac{4}{3}\pi, \quad \varphi=2\pi,$$

i quali valori si riferiscono al punto a, ai punti corrispondenti ai due D, F dell'altra mezza epicicloide situata dalla parte delle x negative, ed al punto A.

Trovato il valore di $\frac{dy}{dx}$, si avranno immediatamente le equazioni della tangente e della normale, che saranno rispettivamente

$$y'-y=(x'-x)\cot\tfrac{2}{3}\varphi,$$

$$y'-y=-(x'-x)\tan\tfrac{3}{2}\varphi,$$

ponendo in quest'ultima equazione in vece di x, ed y i loro valori, si ha

$$y'-2r\cos\varphi+r\cos2\varphi=-x'\tan\tfrac{3}{2}\varphi+(2r\operatorname{sen}\varphi-r\operatorname{sen}2\varphi)\tan\tfrac{3}{2}\varphi=$$

$$-x'\tan\tfrac{3}{2}\varphi+r\operatorname{sen}\varphi\tan\tfrac{3}{2}\varphi-r(\cos\varphi-\cos2\varphi), \quad \text{ovvero}$$

$$y'-r\cos\varphi=-(x'-r\operatorname{sen}\varphi)\tan\tfrac{3}{2}\varphi$$

quindi la normale passa pel punto che ha per coordinate

$$x' = r\operatorname{sen}\varphi, \ \text{ed } y' = r\cos\varphi,$$

cioè pel punto A'; la MA' sarà dunque la normale ed MB' la tangente. Ponendo nell'equazione precedente $y' = o$ si ha per l'ascissa del punto ove la normale incontra l'asse delle x,

$$x' = r\left(\cos\varphi \cot \tfrac{1}{2}\varphi + \operatorname{sen}\varphi\right).$$

Similmente differenziando le equazioni (3), e (4) si ottiene

$$dx = 2r(\cos\varphi + \cos 2\varphi)\,d\varphi,$$

$$dy = -2r(\operatorname{sen}\varphi + \operatorname{sen} 2\varphi)\,d\varphi,$$

e perciò $\dfrac{dy}{dx} = -\dfrac{\operatorname{sen}\varphi + \operatorname{sen} 2\varphi}{\cos\varphi + \cos 2\varphi} = -\tan\tfrac{1}{2}\varphi.$

Tale valore è anche indipendente da r, per lo che avrà luogo la stessa osservazione, che si è fatta più sopra: pertanto, essendo l'equazione della tangente

$$y' - y = -(x' - x)\tan\tfrac{1}{2}\varphi,$$

si rileva una delle singolari proprietà di cui godono le due epicicloidi AMFa e BNb; cioè che ne' punti determinati dallo stesso valore di φ, come M ed N, la normale iu M è parallela alla tangente in N, e viceversa; quindi la retta B'N sarà tangente alla curva BNb, e la sua equazione sarà

$$y' - 3r\cos\varphi = -(x' - 3r\operatorname{sen}\varphi)\tan\tfrac{1}{2}\varphi,$$

come potrebbe anche dedursi ponendo nell'equazione precedente per x ed y i valori dati dall'equazione (3), e (4). Egli è inoltre da notarsi che ciò avviene non solo per queste due epicicloidi, ma per l'epicicloide AMa ed un'altra situata come BNb, giacchè abbiamo dimostrato che le tangenti ai punti omologhi di diverse epicicloidi sono parallele.

Dunque se s'indica con a il raggio di un altro cerchio, che movendosi sul suo eguale, ha generata un'epicicloide situata come la BNb, l'equazione della tangente ad un punto assegnato per un dato valore di φ sarà

$$y' - 3a\cos\varphi = -(x' - 3a\operatorname{sen}\varphi)\tan\tfrac{1}{2}\varphi,$$

6a

facendo $y' = o$, si ha per la parte che essa taglia sull'asse delle ascisse

$$x' = 3\,a\,(\cos\varphi\cot\tfrac{1}{2}\varphi + \operatorname{sen}\varphi).$$

Paragonando questo valore di x' con quello trovato più sopra per la parte che taglia sull'asse delle ascisse la normale all'epicicloide AMa, si vedrà che indipendentemente da φ sono sempre nel rapporto di $r : 3\,a$, e quindi se $r = 3\,a$ le due epicicloidi godono della proprietà che la normale ad AMa sarà tangente all'altra, e quindi questa è l'evoluta della prima.

Da ciò si deduce che l'epicicloide AMa ha per evoluta un'altra epicicloide generata dal punto A del cerchio c che rota sul cerchio O essendo il raggio di questo cerchio terza parte del dato.

Considerando il cerchio c nella posizione c' si avrà il punto corrispondente n della curva, ed è evidente che $n\text{A}' = \tfrac{1}{3}\text{A}'\text{M}$, onde il raggio di curvatura Mn in un punto qualunque M è i $\tfrac{4}{3}$ della normale MA$'$. Quindi l'epicicloide è una curva rettificabile, essendo l'arco A$n = n$M cioè quadruplo della A$'n$, del pari l'arco aFM sarà quadruplo della B$'$M e tutta la epicicloide aFMA sarà quadrupla del diametro AB del cerchio generatore.

NOTA II.

(*LEMMA*). Allorchè il palco è nella posizione orizzontale la catena è avviluppata sul convesso della curva CM$'$M, essendo M il punto di attacco. Cerchiamo di conoscere la forza necessaria da applicarsi al punto C a fin di mantenere la catena sulla detta curva. Dalla nota I, tenendo ferme quelle denominazioni, si ha

$$y = 2\,r\cos\varphi + r\cos 2\varphi$$

$$x = 2\,r\operatorname{sen}\varphi + r\operatorname{sen}2\varphi$$

riferiamo l'epicicloide CM$'$M agli assi CX$'$, e CY$'$, avremo per un punto qualunque M$'$

$$x' = \text{CP}', \quad y' = \text{P}'\text{M}'$$

e perciò

$$x = x', \qquad y = 3r - y'$$

sostituendo ne ricaveremo

$$3r - y' = 2r\cos\varphi + r\cos 2\varphi \ \ldots \ldots \ (a),$$

$$x' = 2r\operatorname{sen}\varphi + r\operatorname{sen} 2\varphi \ \ldots \ldots \ (b),$$

$$\frac{dy'}{dx'} = \frac{\operatorname{sen}\varphi + \operatorname{sen} 2\varphi}{\cos\varphi + \cos 2\varphi} = \operatorname{tang} \tfrac{3}{2}\varphi \ \ldots \ (c).$$

Ciò posto, si chiamino s l'arco CM', ed S l'arco CM, p il peso dell'unità di lunghezza della catena avvolta sulla curva, T la tensione in un punto qualunque M' della catena,

t quella in C,

t' quella in M,

P, e Q le forze verticale ed orizzontale applicate in M,

N la pressione normale in M' riferita all'unità di lunghezza,

β l'ordinata PM del punto M.

Intendendo rimossa la curva e messa in senso contrario, la forza Nds che spinge l'elemento ds, per l'equilibrio dovrà essere la risultante di tutte le forze applicate sulla catena dall'estremità M fino ad M' eguale e contraria alla tensione T, ed osservando che le componenti verticale ed orizzontale della tensione T sono $T\dfrac{dy'}{ds}$ e $T\dfrac{dx'}{ds}$ e che le somme delle componenti verticali ed orizzontali sono

$$P - \int_s^S Nds\,\frac{dx'}{ds} - \int_s^S pds; \qquad Q + \int_s^S Nds\,\frac{dy'}{ds};$$

avremo le seguenti equazioni

$$T\frac{dy'}{ds} = P - \int_s^S Ndx' - \int_s^S pds \ \ldots \ (1)$$

$$T\frac{dx'}{ds} = Q + \int_s^S Ndy' \ \ldots \ldots \ldots \ (2)$$

64

Differenziando queste due equazioni, e moltiplicando la prima

per $\frac{dy'}{ds}$, la seconda per $\frac{dx'}{ds}$ e sommando (con osservare d'al-

tronde che $\frac{dx'}{ds} d \frac{dx'}{ds} + \frac{dy'}{ds} d \frac{dy'}{ds} = o$) otterremo

$$dT = pdy'$$

e quindi

$$T = py' + C \dots \dots \dots \dots \dots \dots (3)$$

equazione che avrà luogo qualunque sia la curva CM'M.

Ponendo nell'equazione (2) in luogo di T il suo valore e dif-
ferenziandola in seguito, avremo

$$-N = \frac{1}{dy'} d \cdot (py' + C) \frac{dx'}{ds} , \dots \dots (4)$$

e sostituendo questo valore nell'equazione (1) si avrà

$$(py' + C)\frac{dy'}{ds} = P - \int_{s}^{S} pds + \int_{s}^{S} \frac{dx'}{dy'} d \cdot (py' + C) \frac{dx'}{ds} , (5)$$

integrando due volte per parte l'ultimo termine di questa equa-

zione, con osservare che $\int \frac{dx'}{ds} d \cdot \frac{dx'}{dy'} = \frac{ds}{dy'}$, e che quan-

do $s = S$ si ha $y = \beta, \frac{dy'}{ds} = 1$ (V. nota 1.ª) sarà

$$\int_{s}^{S} \frac{dx'}{dy'} d \cdot (py' + C) \frac{dx'}{ds} = (py' + C) \frac{dy'}{ds} - (p\beta + C) + \int_{s}^{S} pds$$

e per conseguenza l'equazione (5) darà

$$P = p\beta + C ,$$

e siccome l'equazione (3) quando $y' = \beta$ dà $T = t'$,
avremo ancora

$$t' = p\beta + C ;$$

ne segue dunque che $Q = o$.

Sostituendo nell'equazione (4) in luogo di $\frac{dx'}{ds}$ e dy' i loro valori ricavati dalle equazioni (c) ed (a) dopo di aver eseguita la differenziazione accennata si avrà

$$N = -p \cos \tfrac{3}{2}\varphi + \frac{3}{4r}(py'+C)\frac{\operatorname{sen}\tfrac{3}{2}\varphi}{\operatorname{sen}\varphi + \operatorname{sen}2\varphi}$$

per $y' = o$, si ha $\varphi = o$; onde chiamando N_1 la pressione, che è corrispondente al punto C, sarà

$$N_1 = \tfrac{3}{2}\frac{C}{r} - p,$$

e poichè nel punto C la tangente è parallela all'asse delle x', (V. nota I), la direzione della tensione t lo sarà del pari, determineremo quindi la costante C con la condizione $N_1 = o$, ed otterremo

$$C = \tfrac{2}{3}pr,$$

e per conseguenza

$$t' = p_i\beta + \tfrac{2}{3}pr.$$

Nel punto M, $\frac{dy'}{dx} = \tfrac{1}{0}$, (V. nota I), ne segue dunque che

$$\tfrac{3}{2}\varphi = 90^\circ, \text{ da dove } \varphi = 60^\circ,$$

e siccome nell'equazione (a) allorchè $\varphi = 60^\circ$, dev'essere $y' = \beta$, ne risulterà

$$\beta = \tfrac{\sqrt{3}}{2}r$$

ed in ultimo avremo

$$t' = \tfrac{3\sqrt{3}}{6}pr \dots \dots \dots \dots \dots \quad (7)$$

$$t = \tfrac{2}{3}pr \dots \dots \dots \dots \dots \dots \quad (8).$$

Passiamo ora alla ricerca dell'attrito della macchina, allorchè il palco è nella posizione orizzontale (*).

(*) *Consideriamo le resistenze in questa posizione, perchè allora esse sono massime.*

Riferiamo la curva CNB della catena agli assi Cx, Cy orizzontale e verticale.

Si chiamino

x la Cq,

y la qN,

r, il raggio dell'asse del palco,

r' quello della troclea in C,

r'' quello del suo asse,

$AB = AC = a$,

p il peso dell'unità di lunghezza della catena,

$2p'$ il peso della metà del palco,

v'' quello della troclea C,

T la tensione iu un punto qualunque N della curva CNB della catena,

X, X' le tensioni di detta catena in B ed in C,

α e β gli angoli che dette tensioni fanno con l'asse delle x,

Y la tensione di detta catena dall'altra parte della troclea C, che è a dire la forza conveniente per lo stato prossimo al moto,

t la forza necessaria per mantenere il secondo ramo di catena sul convesso della curva CM'M il cui valore ci vien dato dall'equazione (8),

f il coefficiente dell'attrito,

μ e ν i coefficienti che entrano nella rigidezza delle corde,

P, e Q le forze verticale ed orizzontale applicate in B.

A motivo della poca ampiezza della curva CNB della catena possiamo riguardarla come carica di pesi distribuiti uniformemente sull'orizzontale CX, e quindi il peso che gravita sull'unità di lunghezza delle ascisse sarà $p\sqrt{2}$.

Per l'equilibrio della catena si richiede che la tensione in un punto qualunque N di essa sia eguale, e contraria alla risultante delle forze che agiscono nella porzione BN, avremo quindi le seguenti equazioni

$$ T\frac{dy}{ds} = P + p\sqrt{2}\int_{x}^{a} dx = P + p\sqrt{2}(a-x)\ldots\text{(A)} $$

$$ T\frac{dx}{ds} = Q\ldots\ldots\ldots\ldots\ldots\ldots\text{(B)} $$

d'onde

$$ \frac{dy}{dx} = \frac{P + p\sqrt{2}(a-x)}{Q}: $$

allorchè $x=o$, $\frac{dy}{dx} = \tan\beta$,

avremo perciò

$$ \frac{dy}{dx} = \tan\beta - \frac{px\sqrt{2}}{Q}, $$

integrando ed osservando che $Q = X\cos x$, si ha

$$ y = x\tan\beta - \frac{px^2}{\sqrt{2}\cdot X\cos x}\ldots\ldots\ldots\text{(C)} $$

Quando $x=a$, $\frac{dy}{dx} = \tan x$

dunque

$$ \tan x = \tan\beta - \frac{pa\sqrt{2}}{X\cos x}\ldots\ldots\ldots\text{(D)}. $$

Si ponga nell'equazione (C) $x=y=a$, e si avrà

$$ \tan\beta = 1 + \frac{pa}{\sqrt{2}\cdot X\cos x}\ldots\ldots\text{(E)}. $$

Elevando a quadrato e sommando le equazioni (A) e (B) avremo

$$ T^2 = X^2 + 2p^2(a-x)^2 + 2\sqrt{2}\cdot Pp(a-x); $$

quando $x=o$, $T=X'$, dunque

$$ X' = \sqrt{X^2 + 2p^2a^2 + 2\sqrt{2}\cdot apX\,\text{sen}\,x}\ldots\ldots\text{(F)}. $$

Dippiù atteso l'attuale congegnazione della macchina fra la tensione X ed il peso $2p'$, e fra Y,t, e X' avranno luogo le seguenti equazioni (Venturoli vol. $1.^o$ n.º 716).

$$ Xa\,\text{sen}\,x = ap' + \frac{r'f}{\sqrt{1+f^2}}\sqrt{(X^2 + 4p'^2 - 4p'X\,\text{sen}\,x)}\ldots\text{(G)} $$

$$(Y+t)r' = X'r' + \frac{r''f}{\sqrt{1+f^2}}\sqrt{(X'\cos\beta-t)^2+(X'\,\mathrm{sen}\,\beta+Y+p'')^2} + r'(\mu+\nu X')\ldots\ldots\ldots (H).$$

Posto ciò, nell'equazione (D) mettiamo in luogo di $\tan\beta$ il suo valore ricavato dall'equazione (E); sarà

$$\tan x = 1 - \frac{pa}{X\sqrt{2}}\sqrt{1+\tan^2 x},$$

si ponga
$$\frac{pa}{X\sqrt{2}} = m,$$

e risolvendo questa equazione per rapporto a $\tan x$, avremo

$$\tan x = \frac{1}{1-m^2} \pm \sqrt{\frac{1}{(1-m^2)^2} - 1}$$

e siccome m^2 è disprezzabile iu confronto dell'unità, otterremo

$$\tan x = 1, \text{ e quindi } \alpha = 45^\circ.$$

Similmente l'equazione (E) dà prossimamente $\beta = 45^\circ$.

Risolvendo l'equazione (G) per rapporto ad X dopo di aver sostituito per $\mathrm{sen}\,x$ il suo valore $\frac{1}{\sqrt{2}}$ e disprezzando f^2 in $\sqrt{1+f^2}$, giusta le massime del Venturoli, avremo

$$X = p'\sqrt{2}\left(1 + r_{,}f\sqrt{\frac{2}{a^2-2r_{,}^2f^2}}\right).$$

Si potrebbe ancora in questa equazione disprezzare il termine $2r_{,}^2f^2$ in paragone di a^2 senz'alterazione sensibile di calcolo e si avrebbe

$$X = p'\sqrt{2}\left(1 + \frac{r_{,}f\sqrt{2}}{a}\right)\ldots\ldots\ldots\ldots (I)$$

Nell'equazione (F) ponendo in luogo di X ed x i valori corrispondenti si avrà quello di X'.

Finalmente nell'equazione (H) mettendo

$$p'' + \mu - t + X'(1+\nu) = n\,;\, f\frac{r''}{r'} = q\,;\, Y+p'' = Y', \text{ sarà}$$

$$Y' = \frac{n + \dfrac{X'q^2}{V^2} + q\sqrt{\left(1 - \dfrac{q^2}{2}\right)X'^2 + X'V\sqrt{2}(n+q^2t-t)+n^2+f^2(1-q^2}}{1 - q^2}$$

o pure prossimamente, disprezzando i termini moltiplicati per q^2 e sostituendo in luogo di Y' il suo valore $Y+p''$, si avrà

$$Y = n - p'' + q\sqrt{X'^2 + X'V\sqrt{2}(n-t)+n^2+f^2} \quad . \ (K).$$

Se non vi fossero resistenze nel sistema il valore della tensione X si conoscerebbe mediante l'equazione (I) ed (F) messo $f = o$, ed indicandola con $X_,$ si avrebbe

$$X_, = \sqrt{2(p'+ap)^2 - 1,176\,app'}$$

e rappresentando allora con $Y_,$ ciò che diviene la Y; nell'equazione (K) messo $q = o$, $\mu = \nu = o$ si avrebbe

$$.Y_, = X_, - t$$

e per conseguenza le resistenze o forze passive saranno espresse da

$$Y - Y_,$$

Per farne applicazione ad un ponte della lunghezza di metri 3,415 e di peso chilogrammi 1500 : Sia

$r_, = 0,05$ metri

$r' = 0,2$

$r'' = 0,01$

$a = 3,415$

$p = 15$ chilogrammi

$2p' = 750$

$p'' = 16$

$t = 64,384$ come si rileva dall'equazione (8)

$f = \frac{1}{7}$.

Non avendo niuna norma per calcolare la rigidezza della catena, è stato d'uopo considerarla come corda, e le abbiamo assegnato il diametro di metri 0,037, e per conseguenza il coefficiente $\nu = 0,048$, l'altro coefficiente μ senz'alterazione di calcolo lo disprezziamo.

Con tali dati si trova

$$Y = 555,82 \qquad\qquad Y_{,} = 519,42$$

e quindi

$$Y - Y_{,} = 36,40$$

Laonde lo sforzo necessario per maneggiare questo ponte allorchè oppone la massima resistenza è di chilogrammi $2 \times 36,40$, e per conseguenza ne risulta che per la manovra è sufficiente un solo uomo.

Conclusione.

Dopo che il Ten. Corrado presentò al *Consiglio generale delle fortificazioni* con breve scrittura, e piccol modello il suo novello pensamento, come egli intendeva migliorare il Ponte levatoio dal Belidoro descritto nel pregevole libro *Scienza degl'ingegneri*, il rispettabile Consesso nella tornata de' 27 Agosto 1837 elesse tre de' suoi componenti, cioè il Colonnello Cav. Carlo Ferdinando Dolce, il Capitano Luigi Scarambone, ed il Tenente Filippo Pagano, perchè ponessero a disamina l'ideato congegnamento, e riferissero del suo merito. La Commissione presentò la sua relazione al Consiglio, nella quale dopo aver dichiarato varie sue considerazioni, così conchiudeva:

« Non par dubbio, ed è per teorica equilibrato il Ponte di
» Belidoro detto a *Sinusoide*, tanto che la curva da lui usata fu
» chiamata da alcuni geometri *curva equilibrante;* ma tal pro-
» prietà non era del tutto soddisfacente in pratica. Il suo con-
» trappeso a cilindro scorrente sulla curva non mantiene in essa
» costantemente la posizione che suppone la teoria, imperciocchè
» la catena interna diminuendo di tensione secondo che aumenta
» di lunghezza molto si discosta dalla linea retta, si curva note-
» volmente, e fa mutar di posizione il centro di gravità del si-
» stema. Il principio teorico preso dal Corrado che la Sinusoide
» del Belidoro sia l'Epicicloide, della quale i cerchi generatori

» sono eguali, è cosa dimostrata: che l'Evoluta dell'Epicicloide
» nella data ipotesi sia un'altra Epicicloide a cerchi generatori
» eguali col raggio terza parte di quello appartenente al cerchio
» generatore dell'Evolvente è pure una verità dimostrata, e per-
» ciò dee tenersi come legittima conseguenza che, nel congegna-
» mento del Corrado, svolgendosi la catena dall'Evoluta, il cen-
» tro di gravità del contrappeso è costretto a descrivere la Sinu-
» soide del Belidoro, ed a mantenere l'equilibrio nel successivo
» movimento del Palco, tanto nel salire quanto nello scendere, e
» lo stesso contrappeso non poggiando sopra alcuna superficie,
» conserverà sempre la stessa posizione in riguardo alle successive
» verticali. È chiaro ancora che con tal ritrovato s'impediscono le
» oscillazioni prodotte nel congegnamento del Belidoro dalla non
» eguale trasmissione e direzione della forza motrice, e si vie-
» ne a risparmiare un grande attrito. Il calcolo dimostra che
» un uomo con tutta la sua forza è sufficiente nella data ipotesi
» a superare le resistenze, e perciò due uomini di mezzana
» forza situati ne' laterali del Ponte possono con facilità maneg-
» giare il Palco mobile. Si nota che la forza motrice dal primo
» istante viene facilitata da che una parte del peso della catena
» avvolta all'Evoluta gravita sul contrappeso, ed a proporzione
» che il palco s'innalza andando esso a gravitare nel suo asse
» come il contrappeso sul fulcro, le forze passive diminuiscono
» considerabilmente. Per rendere più eguale la trasmissione, e
» la direzione della forza motrice, vede la Commissione l'utilità
» di mettere in moto il meccanismo mediante una catena senza
» fine, appunto come in altri congegnamenti imaginò il Delile,
» e che si possa accorrere alle cause accidentali di disquilibrio
» col costruire il pendente di diversi pezzi avvitati allo stesso asse
» in modo da potere per gradi aumentare o diminuire il contrap-
» peso. La Commissione perciò non sta in dubbio per i principii
» teoretici, su' quali poggia il congegnamento del Corrado. In
» quanto alla riuscita di fatto, ognuno de' rispettabili componenti

» del Consiglio conosce i risultamenti dati da un piccolo e gros-
» solano modello (anche nel difficile caso che rispondessero alla
» teoria) non dare assoluta certezza di quello che potrebbe suc-
» cedere in grande macchina, perciocchè sono tante e sì sva-
» riate le combinazioni delle forze che la doviziosa Natura svi-
» luppa, compone, e discompone nel movimento; tanta la varia-
» bilità delle forze passive; tanto differente la forza che importa
» di dare ai molti pezzi di una macchina avuto riguardo ai ma-
» teriali diversi che fa d'uopo adoperare, alle resistenze che deb-
» bono sormontare, al luogo che debbono occupare, ed in fine
» tanta abilità si richiede nell'artefice, e nell'esecutore di una
» macchina, che la Commessione non può prendere sopra di sè,
» senza la sanzione dell'esperienza, la riuscita di un astratto con-
» gegnamento appena abbozzato in carta. Propone perciò di farsi
» un saggio dell'ideato macchinismo in una delle Piazze di Guer-
» ra, ove qualche Ponte levatoio dovesse costruirsi ».

Il Consiglio generale delle fortificazioni nella sua tornata de' 3o
Gennaio 1838, trovandosi presenti tutti i componenti, dopo avere
intesa la relazione della Commessione, e discussovi sopra, emise
la seguente deliberazione:

« Il Consiglio generale delle fortificazioni con sentimento con-
» corde alla Commessione approva le conseguenze che da siffatte
» considerazioni si traggono, e perciò dovendosi costruire un Ponte
» levatoio nel Castello di Gaeta, si seguirà nel congegnamento
» l'idea del Corrado ».

Quel dotto, laborioso, e chiarissimo Direttore del Genio in
Gaeta Maggiore Maio, che per causa di onore qui nominiamo,
di unita al distinto Capitano Capo Circondario Cav. Galli han con-
dotto a fine la detta costruzione, ed il sullodato Maggiore ci ha
trasmesse le seguenti notizie riguardanti il risultamento di un primo saggio, assicurandoci che il sistema seguito potrà migliorarsi
mediante alcuni piccioli provvedimenti suggeriti dal fatto.

Il palco del Ponte delle dimensioni di pal. 12 ($3^m,164$) per pal. 11 ($2^m,9$) pesa tra legname e ferri cantaia sedici (chilog. 1416,6). Il contrappeso composto di una grossa sbarra orizzontale di ferro fissata tra le due catene, di due grossi pendoli di piombo, e di due mozzi di ferro fuso posti simmetricamente verso gli estremi della sbarra, pesa rotoli 1005 (chilog. 895,452). Due uomini di mezzana forza possono mettere in movimento il palco, il quale si solleva e cala senza salti e quasi equabilmente avuto riguardo al motore. Si avverte che la cennata sbarra tra le due catene non prevista nel progetto del Corrado servo per rendere più unito il sistema e più facile il maneggio del Ponte. La spesa del macchinismo è stata di ducati 500, e comprende oltre quella del palco anche la spesa della costruzione dell'Evoluta dell'Epicicloide di pietra travertino, quella delle girelle che sola ascende a ducati 250 (*), e quella de' pendoli di piombo per ducati 110. Ci va pur compresa la spesa delle catene, le quali per quella parte che dal contrappeso vanno al palco pesano unite rotola 45 (chilog. 40,095): la parte poi delle stesse ravvolte all'evoluta fino ai perni di sospensione pesa rotola 50 (chilog. 44,55).

Mettiamo fine a questo discorso, sembrandoci di avere adempito alla meglio alle nostre promesse, le quali erano di dare una critica cognizione de' varî Ponti levatoi delle Piazze di Guerra più in uso sino al cader del passato secolo, di quelli più in voga nel secolo in cui siamo, e di quello ideato dal Corrado.

Se altre nuove ed utili cognizioni concernenti lo stesso subbietto ci verranno a notizia, non mancheremo comunicarle per istampa ai nostri benevoli leggitori, accompagnando il nostro dire a quell'analisi critica che siffatte materie richieggono, e che le nostre deboli forze ci potranno permettere.

F I N E.

(*) Il peso di tali girelle, secondo opina lo stesso ch. Direttore, può diminuirsi, quindi minore sarà la spesa.

<table>
<tr><th>ERRORI.</th><th>CORREZIONI.</th></tr>
<tr><td colspan="2"><hr></td></tr>
</table>

ERRORI.	CORREZIONI.
Pag. 10 v. 28 $P \cdot AG = P' \cdot AG'$	$P \cdot AG = A'G'$
» 13 » 13 *È d'avvertirsi che nel dS si vuol notare con S l'arco.*	
» 13 » 22 $P \cdot dS \cdot \cos \alpha = P \cdot dS' \cos \alpha'$	$P \cdot dS \cos \alpha = P' \cdot dS \cdot \cos \alpha'$
» 22 » 30 Tavola 11. fig. 3	Tavola 2.ª fig. 3
» 45 » 4 $ab c D$	$ab CD$
» 58 » 8 sia di un metro	sia di un metro e mezzo